ブロンテ姉妹

左からアン、エミリ、シャーロット
ブランウェルによる油彩

ブロンテ姉妹

・人と思想

青山 誠子 著

128

CenturyBooks 清水書院

まえがき

英文学に馴染《なじ》みの少ない日本の読者でも、『ジェイン＝エア』か『嵐が丘』の題名くらいは聞いたことがある、という人が多いであろう。ましてや以前に読んで面白かった人、感動した人、何だかよくわからなかった人、不気味に感じた人、これから読んでみたい人——要するにブロンテ姉妹とその作品に少しでも関心のある方ならどなたでも、この本はその人々のための道案内として書かれた。

三姉妹が揃って優れた小説を残したという点で、ブロンテ姉妹は世界文学史上類例のない存在である。しかも彼女らの育った特異な環境、そして悲劇的な人生もまた、彼女らの作品に劣らず人々の心を惹《ひ》きつけてきた。イギリスでもそうだが、日本でもブロンテ姉妹は人気が高く、イギリスの女性作家のうち群を抜いて日本の読者に親しまれている。姉妹が住んでそこで小説を書いたイングランド北部の州ヨークシャー、ハワースの牧師館は、今ブロンテ博物館になっているが、ここに一九九二年に訪れた一二万人以上の観光客のうち、一番多かったのは日本人であるそうだ。

イギリス国王の戴冠式が行われるロンドンのウェストミンスター寺院に、「ポエッツ－コーナー」（詩人たちの一隅）と呼ばれる一画があり、そこには有名文人たちが葬られている。ここにブロンテ姉妹の記念碑があり、三人の生没年のほかに、エミリの詩「老克己主義者」（「むすび」参照）からとられた「耐え忍ぶ勇気をもって」という印象的な一句が刻まれている。ブロンテ姉妹の生涯とその作品には、苦難とそれを耐え忍ぶ勇気がはっきりと刻印されている。それこそが私たちを深く感動させ、いつの時代の読者にも彼女らの作品を読み継がせ、彼女らの思想に共感させていく秘密なのではないだろうか。

ただしブロンテ姉妹は思想家ではなく、また特に思想的な作家というわけでもない。彼女らの思想が体系的に作品の中に示されているわけでもない。筆者としてはその点に苦労し、本書を次のような構成にした。

第I部ではブロンテ三姉妹の生涯と全部の小説の概要を扱い、全体像を把握できるように心がけた。引用資料としては、非常に多く残っているシャーロットの手紙を、たびたび利用した。第II部では、シャーロットの『ジェイン＝エア』、およびエミリの『嵐が丘』と代表的な詩を、その思想的側面に注目しつつ考察し、姉妹の宗教観によって全体をしめくくった。執筆にあたっては、特に、一九世紀イギリスの保守的な社会風潮の中で、文筆によって自立と自己表現を達成した女性作家（詩人）としての姉妹の努力に焦点を当てるように心がけた。

この小著によりブロンテ姉妹に興味を持ってくださる方々があれば、ぜひ彼女らの作品を実際に読み、あるいは読み直していただきたい。きっと新しい魅力を発見なさるであろう。この本がそのきっかけになることを願ってやまない。

青山誠子

目次

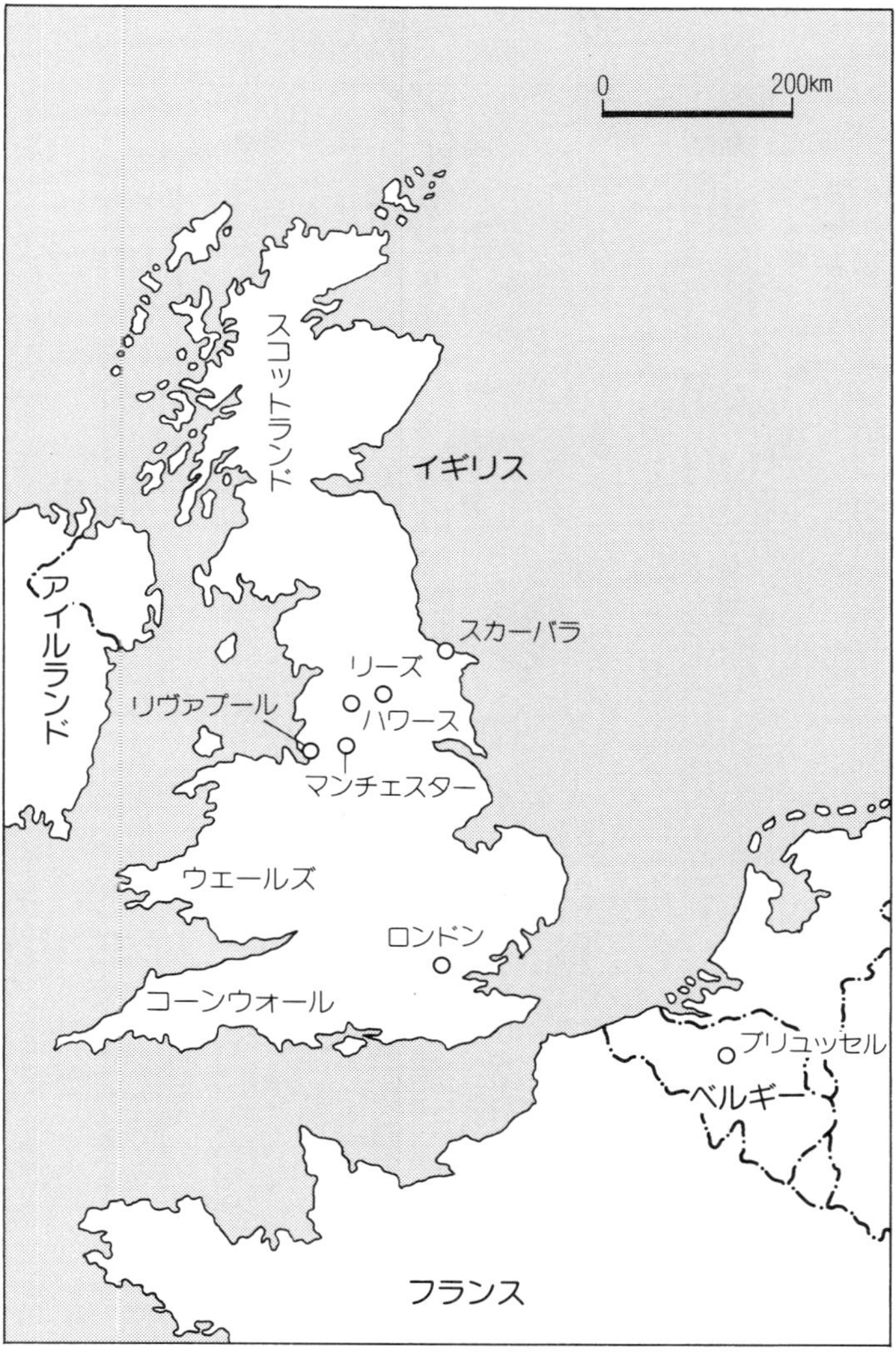
0
200km
スコットランド
イギリス
アイルランド
スカーバラ
リーズ
リヴァプール
ハワース
マンチェスター
ウェールズ
ロンドン
コーンウォール
ブリュッセル
ベルギー
フランス

ブロンテ姉妹関連地図

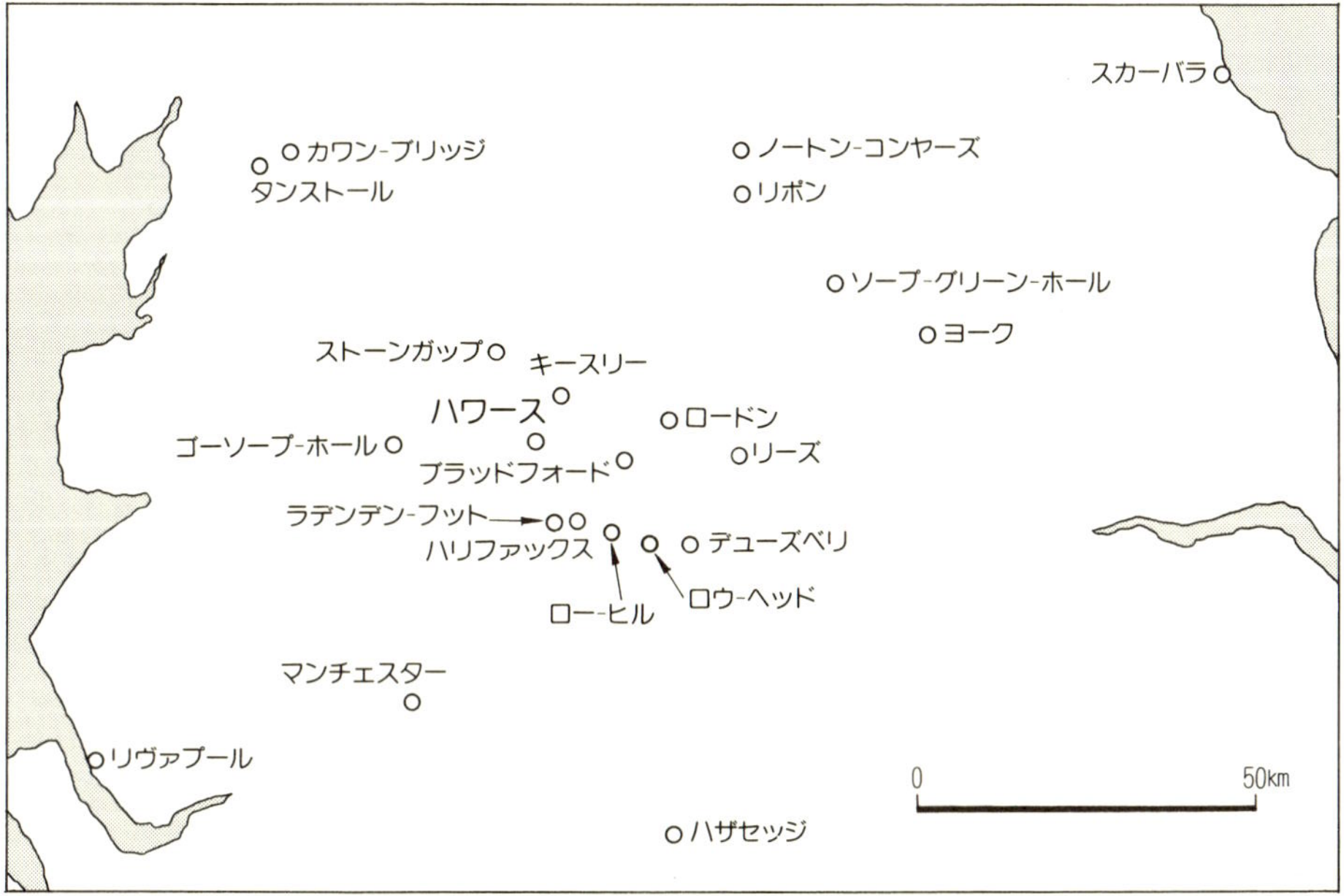
スカーバラ
カワン-ブリッジ
タンストール
ノートン-コンヤーズ
リポン
ソープ-グリーン-ホール
ヨーク
ストーンガップ
キースリー
ハワース
ゴーソープ-ホール
ブラッドフォード
ロードン
リーズ
ラデンデン-フット
ハリファックス
デューズベリ
ロウ-ヘッド
ロー-ヒル
マンチェスター
リヴァプール
ハザセッジ
0
50km

ハワース近辺地図

Ⅰ　ブロンテ姉妹の生涯

第一章　子ども時代

一　ブロンテ姉妹の時代

　この本で扱うブロンテ姉妹は、シャーロット（一八一六〜五五）、エミリ（一八一八〜四八）、アン（一八二〇〜四九）の三人であるが、紙面の関係で、アンは第Ⅰ部のみで紹介した。彼女らはどんな時代に生きてあのような小説を書いたのだろうか。

　それはヴィクトリア女王（一八一九〜一九〇一）の治世（一八三七〜一九〇一）——ヴィクトリア朝——の前半にあたる。イギリスが他国に先駆けて工業国へと急激に発展し、それに伴いイギリス社会が大きく変動した時期であった。産業革命に伴って工業、商業、貿易の発展、都市への人口の集中、政治改革の必要など、激しい社会の動きの中で、商工業によって富を得た者たちは、中産上層階級へとのし上がり、一般にヴィクトリアニズムと呼ばれる実利主義、物質主義、俗物的道徳主義が幅を利《き》かせるようになった。

　この時代は、女性にとっても重大な過渡期だった。女性の参政権運動、結婚に関する法律の改正、

シャーロット＝ブロンテ

女性の教育や職業の機会を広げようという機運の中にありながらも、女性はあいかわらずさまざまの束縛のもとで苦しんでいた。例えば、妻の法律上の立場については、ジョン＝ステュアート＝ミルが『女性の隷従《れいじゅう》』の中で述べたように「英国の慣習法《コモン・ロー》では、妻の立場は、多くの国々における奴隷の立場にも劣る」ものだった。法律上のみならず、社会的・文化的にも女性を家庭内の義務に縛りつけようとする制約が強く、女性の野心や激情は罪悪視されざるをえなかったのである。

当時ロンドンでは、チャールズ＝ディケンズやウィリアム＝メイクピース＝サッカレーという優れた小説家たちが、ヴィクトリア朝社会の貧困や罪悪や偽善や虚栄を描き出し、告発していた。やがてシャーロット＝ブロンテの親友になるギャスケル夫人（エリザベス＝クレグホーン＝ギャスケル）は、マンチェスターという工業都市に住み、工場労働者の悲惨な生活をはじめ、産業革命によって生じた社会的諸問題や人間の心の問題に光を当てた。

この時代はまた、評論家のジョージ＝ヘンリ＝ルイスが「女性文学の到来」と呼んだ時代でもあり、大勢の女性作家が、ときには匿名《とくめい》や男性的な筆名まで用いて、続々と文壇に登場し活躍した。

『ジェイン＝エア』や『嵐が丘』は、このような時代に書かれた。ブロンテ姉妹の作品は、一見したところ、ディケンズやサッカレー、ギャスケル、その他多くの作家たち

14歳のアン＝ブロンテ
シャーロットによる肖像画

エミリ＝ブロンテ
ブランウェルによる油絵

が扱った社会現象や、社会の中に生きる人間の問題を扱うリアリズムの小説からは、はるかに距《へだた》っているように感じられる。だが本当にそうだろうか。もしそうだとすれば、それはなぜだろう。

二　ケルトの血とヨークシャーの育ち

ケルト人的素質

ブロンテ姉妹の生い立ちを考えるとき、まず両親から受け継いだケルト人的素質が重要である。

父パトリック＝ブランティ（のちにブロンテと改姓、一七七七〜一八六一）は、アイルランド人でケルト族の血を引いていた。イングランドの先住民であったケルト族は、あとから侵入してきた現実的なアングロ－サクソン族に比べて、一般にロマンティックであり、豊かな想像力、激しい情熱、よどみない雄弁の能力などに富むと考えられる。祖父のヒュー＝ブランティはダウン州の貧農で字が読めなかったが、アイルランドの昔話をよく知っていて、夜になると村人たちがヒューの話を聞きに集まって来るほど、

「語り部《べ》」的な才能に優れていた。十人きょうだいの長子に生まれたパトリックも非常に雄弁で、のちに自分の娘たちにアイルランドの不気味な伝説をたびたび語って聞かせ、彼女らの想像力を掻《か》き立てた。これはブロンテ家に伝わる才能であると同時に、ケルト族の遺伝的素質でもあった。

パトリックが子どもたちに語り聞かせた話の中に、ヒューから伝えられたブロンテ家の先祖の話があったと思われる。それは、『嵐が丘』のヒースクリフの身の上を彷彿《ほうふつ》させるものであった。パトリックの父ヒューは、叔父ウェルシュの養子になった。このウェルシュは元来捨て子で、リヴァプール近辺で拾われ、ブランティ家の養子になった人物である。彼はブランティ家の子どもたちといっしょに育てられ、その利発さによってブランティ家の主人に可愛がられたので、周囲の者から憎まれた。ウェルシュは、主人の死後追い出されるが、ブランティ家の土地や家屋を合法的に自分のものにしてしまい、ヒューらを虐待する。そして以前から心惹かれていた末娘と結婚した、というのである。

父パトリック　80代の頃

パトリックは故郷で学校教師をしたのち、ケンブリッジ大学セント・ジョンズ・カレッジに入学し、間もなく「ブロンテ」と改名した。彼が尊敬していたネルソン提督がブロンテ公爵に任じられたのにあやかろうとしたらしい。やがて彼は学位を得て、イングランド北部の州ヨークシャーでイギリス国教会の牧師になった。両親（母だけという説もある）がカ

母マリア

トリック教徒であり、父が字が読めなかったという背景を考えると、パトリックは強い意志と優れた才能をもつ大変な努力家だったことがわかる。彼のカトリック嫌いは、のちに子どもたち、特にシャーロットに強く伝えられた。

彼は熱烈な恋愛の末、マリア＝ブランウェル（一七八三～一八二一）という物静かでやさしい、そして敬虔な女性と結婚した。マリアはコーンウォール（イングランド南西部の州）出身で、やはりケルト族の血を受けていた。ケルト族はアイルランドのほか、大ブリテン島ではスコットランド、ウェールズ、コーンウォールに主として住みついていたのである。

父も母も、ある程度の文才の持ち主だった。パトリックはいくつかの宗教詩や散文を出版していたから、ブロンテ姉妹は、書くことに対する興味を両親から受け継いでいたといえよう。

ヨークシャーの環境

パトリックとマリアとの間に、五人の女の子と一人の男の子が次々に生まれた。マリア（一八一三～二五）、エリザベス（一八一五～二五）、シャーロット、パトリック＝ブランウェル（一八一七～四八）、エミリ＝ジェイン、アンである。マリアとエリザベスは少女時代に死んだが、いずれも早熟な知性、豊かな想像力と文才に恵まれていたらしい。

ハワース（19世紀の版画）地平線上、教会の塔の左が牧師館

アンが生まれて間もなく、一家はヨークシャーのソーントンからハワースに移り、姉妹はここの牧師館でその短い生涯の大部分を過ごした。

ところでハワースとはどんな所であろうか。今は夏季には世界各国からの観光客で賑《にぎ》わうとはいえ、当時の村のたたずまいをギャスケル夫人の『シャーロット＝ブロンテの生涯』（一八五七）の記述から偲《しの》ぶことにしよう。

その村はかなり急な丘の中腹にある。背景としては、狭く長い街路の頂上に建てられた教会よりもさらに高くずっとはるかに広がる、焦げ茶っぽい紫色の荒野《ムア》がある。見渡すかぎり波のように起伏する丘が続き、丘と丘のくぼみのその向こうには同じような色と形をした別の丘が見え、荒涼たる荒野に覆《おお》われている。荒野はそれを見る人の気分次第で、そこに示される孤独と寂寥《せきりょう》感によって壮大だと思われたり、あるいは単調で果てしない障壁に閉じ込められた感じがして、重苦しく思われたりする。（第一章）

この荒涼とした寒村に住む人々は、ヨークシャー的気質を強く持っていた。それはケルト的気質とは対照的であって、粗野で精力的、実際的、そして金銭欲が強い。彼らは異常なまでに自尊心と独立心が強く、気むずかしくて人に馴染まず、また無口でもあった。ふたたび、ギャスケル夫人の言葉を借りよう。

彼らの人情は厚く、深く根ざす。だが彼らの深い情は――深い情とはそういうものなのだ――だれに対しても持つわけでもなく、また表面に現れるというわけでもない。この粗野で荒っぽい人々の間では生活のうるおいなどはほとんど見られない。挨拶はぞんざいで、言葉のアクセントや調子も素っ気なく耳ざわりだ。これはもしかすると、何ものにも捉《とら》われぬ山地の気風や、孤立した山腹の生活によるものかもしれぬ。あるいは幾分かは粗暴な北欧人の先祖から受け継いだものかもしれぬ。……彼らは感情を容易には高ぶらせないけれども、同じ感情をずっと持ち続ける。そのため大変親密な友人関係ができたり、人に仕えれば忠実である。……同じ理由から、遺恨は長く続き、それは時として憎しみになることがあり、その憎しみが幾世代にもわたって引き継がれることもある。（第二章）

そしてハワース近辺で言いならわされている一つの言葉があった――「ポケットに小石を七年間入れておけ。そして裏返しにして、もう七年しまっておけ。いつ敵が近づいてもすぐに握れるように」と。

ここに描き出されるヨークシャー気質とは、ほとんどそのまま、『嵐が丘』のヒースクリフやジョウゼフに当てはまるように感じられる。

ブロンテ家で終生働き、子どもたちの心の友となった女中のタビー（タビサ＝エイクロイド）は、ヨークシャー女の典型といってもよかった。彼女は頑固なまでに忠実だった。また話し好きでもあり、ヨークシャーのさまざまの恐ろしい事件や昔話を、仕事の合い間に子どもたちに語り聞かせたのである。『嵐が丘』の語り手である家政婦ネリー（エレン＝ディーン）は、このタビーを原型にしてエミリが生み出した人物であろうと思われている。

このように、ブロンテ姉妹の生い立ちの中には、遺伝と環境が著《いちじる》しい対照をなしている。姉妹の豊かな想像力、すばらしい文学的才能、激しい情熱はケルト的な血から生まれ出たもの、他方実際的で堅実な生活態度、強い責任感、気むずかしいまでの禁欲的態度はヨークシャー的環境に負うものであり、この二つは彼女らの生き方と作品の本質に重要な役割を果たしているのである。

産業社会の動向

ここで一つ忘れてならぬことがある。ハワースがへんぴな寒村だったという表現によって、私たちはともすると、ブロンテ姉妹の故郷を何か牧歌的な別世界のように想像しがちである。だがそうではない。テリー＝イーグルトンの表現を借りるなら、「ハワースはウェストーライディング（ヨークシャー西部の行政区域）の羊毛業地帯における中心地区に隣接していた。そしてその地での彼女たちの生涯は、イギリス社会のなかでももっとも熾烈《しれつ》な階級闘争が生じた時期とぴったり重なりあう」（『テリー＝イーグルトンのブロンテ三姉妹』序）、そして姉妹の少女時代には機械生産が飛躍的に増大し、ウェストーライディングの何千という手仕事職人が失業し零落した。一八四〇年ごろには、内乱にまで発展しそうな不穏な雰囲気が渦巻いていた。ハワースにもいくつかの毛織物工場があり、姉妹はそのような地域社会の動静に無関心に生きることはできなかった。シャーロットの三番目の小説『シャーリー』は、直接この問題を主題として取り上げている。

三　死の訪れ

母の死

強い風の吹きすさぶ丘と荒野に囲まれたハワースの立地条件は、虚弱なブロンテ夫人にとって健康的とはいえなかった。アンを出産した後すでに弱っていた彼女は、ハワースに移った翌年、内臓癌のため三八歳で死んだ。甚《はなは》だしい苦痛のさ中、彼女は自分の人生を思い返し、それがまだまっとうされてはいず、打ち続く出産のために健康が衰えたことへの無念さ、母亡きあとの六人の子どもの将来への懸念《けねん》により、深い暗い宗教的な懐疑の念にとりつかれた。夫のブロンテ師はその傍《かたわ》らで、ひたすら妻の信仰を堅持させるべく力を尽くしたのであった。

マリアの臨終の言葉は、「おお神さま、かわいそうな子どもたち——おお神さま、私のかわいそうな子どもたち」であった。ときに長女マリア八歳、次女エリザベス六歳、三女シャーロット五歳、長男ブランウェル四歳、四女エミリ三歳、そして五女アンはわずか一歳八カ月であった。

マリアの敬虔さは、同じ名前の長女に伝えられ、その神秘主義的傾向はエミリに受け継がれた。シャーロットはそのどちらも受け継がなかったが、彼女は母の思い出に強く執着した。

幼少時に母を失い、その愛に終生恵まれなかったことは、ブロンテ姉妹の性格と文学に決定的な影響を与えた。彼女らは心の中に終生不安感をかかえ、外の世界に適応しにくくなった。シャーロットの小説のヒロインは例外なく孤児である（彼女の三番目の小説『シャーリー』のキャロラインには母がいるが、彼女ははじめ母が生きていることを知らない）。そして、孤児の少女ジェイン＝エアには、母代わりの人物として、テンプル先生が慈愛を注いでくれるし、彼女の成長後の危機には、大空に月のように輝く母の顔が現れ、母の声が聞こえて、彼女を救うのである。

シャーロットは後年有名作家になったあとで、母マリアが結婚前に父に書き送った手紙を父から手渡されて初めて読み、激しく感動したといわれる。その中の一通にこんな文面があった。「私がもっとも愛する方として、あなたは神様にとって代わりつつあります。私の心は天国よりもこの地上にいっそう惹かれているようです。どうぞ、こんな私のために祈ってください」と。不思議なことに、シャーロットはこの手紙を読むずっと前に、『ジェイン＝エア』を書き、ジェインに母マリアと同じような言葉を言わせている。「未来の夫はわたしにとって、いまは全世界となりつつあった。いな、世界以上のもの――この世のものならぬ至上の希望とさえもなりつつあったのだ。ちょ

ハワースの牧師館と教会　ギャスケル夫人による絵

うど日食が、人間と、まばゆい太陽とのあいだをさえぎるように、彼は、わたしと、あらゆる宗教上の観念とのあいだに、立ちふさがっていた。そのころわたしは、神のおつくりになった一人の人間に心を奪われていて、神の姿を見ることができなかった――その人間はわたしの偶像になっていたのである」（『ジェーン・エア』第二四章）

エミリの『嵐が丘』では、アーンショオ家、リントン家とも、母親の影は薄い。キャサリンもフランシスも、自らが母親になったとたんに死んでしまう。

一番幼くして母と死別した末娘アンには、母の記憶はおそらくまったく欠如していたことであろう。その彼女が最初の小説『アグネス＝グレイ』（一八四七）において、母娘の絆《きずな》をもっとも強く打ち出した。ヒロインのアグネスは、優しくしっかりした母に育てられ、女家庭教師としてさまざまの苦難を乗り越えたのち、母と共に自分たちの学校を経営するのである。

死の影

ブロンテ一家への死の第一撃以来、死の影はずっとこの家を離れることがなかった。ブロンテ師自身は八四歳まで生きたが、その一生は妻をはじめ六人の子ども全部に先立たれるという悲運の生涯であった。

牧師館と教会とに挟《はさ》まれた墓地にはハワース村代々の多くの死者たちが葬られていた。寒冷な気候、上・下水道の不備などにより特に乳幼児の死亡が多く、一八三八年から四九年の間、ハワースの人口の四一・六パーセントが六歳以前に死んだ。当時のハワースの人々の平均寿命は二五歳だったといわれる。葬送の鐘の音、葬式を司《つかさど》るブロンテ師の祈禱《きとう》のことば、墓石を刻む石工ののみの音が、日夜子どもたちを取り囲んでいた。結核性の体質を母から受け継ぎ、決して強健とはいえないブロンテ家の子どもたちは、牧師館の二階の子ども部屋から真下にその墓地を見下ろしながら毎日を過ごしていた。彼ら自身が死の影に脅《おびや》かされ、死の意識にとりつかれて育っていった、とさえいえるであろう。特にシャーロットは、非常に死の観念に怯《おび》えがちだったといわれている。

伯母のしつけ

母マリアの死後、はるばるコーンウォールからやって来ていた母の姉エリザベス＝ブランウェル（一七七六〜一八四二）が、幼い子どもたちの世話を担当した。彼女は堅苦しいメソディスト教徒であり、カルヴィニズムの運命予定説ほど極端ではないが、「永遠の刑罰」を固く信じていた。彼女は姪たちに家事と行儀作法、そして初歩的な勉強を厳しく教えこみ、強い義務感を植えつけた。この伯母から仕込まれて姉妹が励んだ手芸の作品が、今でもハワースのブロンテ博物館（旧牧師館）に展示されている。温暖なコーンウォールから来た伯母は、終生この寒く荒涼としたヨークシャーの風土に馴染めなかったらしい。彼女は姪や甥を愛していたが、もともと子ども好きではなく、到底母の慈愛に代わることはできなかった。彼女が愛読したメソディスト派の宗教雑誌や、彼女が語る話の中には、奇蹟や幽霊や神の厳罰などが頻繁《ひんぱん》に現れ、子どもたちの敏感な感受性を刺激したのである。

四　荒野との交感

荒野の楽しみ

子どもたちに友達はいなかった。牧師館には玩具らしい玩具もなく、子ども向けの本もなかった。それは家計に余裕がなかっただけでなく、子どもを甘やかすまいとする謹厳な父の教育方針のせいでもあった。

砂岩造りの長方形の牧師館は二階建てだった。一階には居間（兼食堂）とブロンテ師の書斎、台所、物置き部屋があった。二階には四つの寝室と、召使から「子どもさんの書斎」と呼ばれる、暖炉もない小さな子ども部屋があった。母は病気中は子どもたちと会いたがらなかったし、父は研究や教区の仕事や妻の世話で忙しかったから、彼らは自分たちだけで食事をし、この子ども部屋で大人の本を読んだり、小声でささやき合ったりして時を過ごす習慣だった。だが彼らは自分たちを不幸とは感じなかったかもしれない。彼らには、手をつないで荒野をさまようという大きな楽しみがあったからだ。天気が悪く、散歩ができない時でさえ、子ども部屋の窓からは、教会墓地のかなたに、荒野のひろがりが見渡せた。

ハワースの村はヨークシャー北西高地の荒野にある。それは波のように起伏する丘の連なりに包まれ、その丘々はイギリスの背骨といわれるペナイン山脈に繋《つな》がっていた。ごつごつした黒い岩の間にヘザー（ヒース）という小潅木《かんぼく》がビッシリと生えており、夏には赤紫の小花をつけて天国のような情景を現出し、冬にはその上に強い風が吹き荒れ、雪が降りつもるのだった。この荒野の野性味が、ブロンテ家の子どもたちに、何ものにも妨げられぬ自由な精神と、自然への熱愛を育てることになった。

ブロンテ師は健脚家で、一人で何マイルも荒野を歩き回った。そして天候や風など自然の徴候を実によく知っており、また人里離れた荒野の丘に住む野生動物を綿密に観察した。父親のこのような性癖は、子どもたちにも受け継がれた。彼らも身軽によく歩き、行動半径は次第に広がった。現在ハワースへの観光客がほとんど足を伸ばす名所の一つ「ブロンテ滝」は、ハワースから約三キロのところにあるが、その辺りはいつもブロンテ家の子どもたちの遊び場になっていたらしい。成長後彼らが、三キロ以上離れたポンデン＝ホール（『嵐が丘』のスラッシュクロス邸のモデル）のヒートン家や、六・五キロ離れた隣町キースリーの図書館まで、荒野を越えて本を借りに歩いたことは、自動車社会に慣れた私たちから見ると驚くべきことである。

エミリと荒野

子どもたちの中で一番内向的で無口なエミリが、その本性においていちばん荒野の真髄に近かった。シャーロットはエミリの死後、『嵐が丘、アグネス＝グレイ』

の再版本（一八五〇）に付した「略伝」の中で、この妹と荒野との交感について、こう書いた。

　この作者自身が荒野で生まれ、荒野の乳呑児《ちのみご》なのである。……生まれ故郷の荒野の丘陵は、彼女にとって一つの光景というよりはるかに重要なものだった。それは、ちょうどその中に住む野鳥や、そこから生み出されるヘザーと同じように、彼女がその中で生き、それによって生命を得たものである。

五　父の教育方針

団らんの欠如

ブロンテ師は妻の死後、知り合いの二、三人の女性との再婚を考え、プロポーズの手紙を送ったが、いずれも実らず、生涯を独身で過ごすことになった。妻の生前から癇癖《かんぺき》が強く、時々衝動的な怒りに駆られて、子どもたちに知人から贈られた派手な色の長靴を暖炉で焼き捨てたりする、というような奇癖があったらしい。

　若いころには社交的な美男で鳴らしたこの牧師も、妻の死後は気むずかしく無口になり、書斎に閉じこもりがちだった。荒野を歩くときも子どもを連れて行くことはなかった。教区の仕事には熱心であったから、来客といえば仕事上の客か、近辺の牧師ぐらいだった。親戚は遠く離れていたし、友人との付き合いもほとんどなかった。彼は子どもたちに、村の子どもと遊ぶことを禁じた。子どもたちは、同年輩の連中との交際がないので、大人の会話――宗教的話題が多かった――を漏《も》れ聞いて育った。

ブロンテ師は胃弱だったので、静かにゆっくり食べる必要があるという理由で、妻の亡くなる前から一人で夕食をとるようになった。彼は妻の死後も子どもといっしょに食卓を囲むことがなかったし、伯母も自室にこもりがちだったから、子どもたちは、いわゆる家庭の団らんを知らず、非常に特異な育ち方をした。

早熟な子どもたち

だがこの厳格で高圧的な父親も、我が子の早熟ぶりには驚きと喜びを感じていたらしい。一番上のマリアが一〇歳、一番下のアンが四歳ぐらいのとき、彼は子どもたちを集めて、仮面をかぶらせ、次のような問答をして、一人一人の知恵を試したのである。

まず一番下のアンから始め、「お前のような子どもは何が一番欲しいのかね」ときくと、アンは「年齢と経験です」と答えた。次の娘エミリに、「時々いたずらをするブランウェル兄さんをどう扱ったらいいかね」ときくと、「道理を説《と》いて聞かせるんです。そしてもし聞き分けようとしないなら、鞭《むち》で打つといいわ」と答えた。一人息子のブランウェルには、「男女の知性の違いはどうすると一番よくわかるか」ときくと、彼は「肉体的相違を考えればいいです」と答えた。次にシャーロットには、「世界で最上の本は何か」ときくと、彼女は「聖書です」と答えた。「その次によい本は？」ときくと、「自然の書です」と答えたのである。次にエリザベスには、「女性にとって一番良い教育方法は何かね」ときくと、「家庭をうまく治めるようにさせるものです」という答えだった。最後に長女マリアに向かって、「時間の一番良い過ごし方は何か」とたずねると、彼女は「幸せな永遠のために時間を貯えることです」と答えた。父は、誇らかな気持ちでそれらの言葉を深く印象に刻みつけたのであった（ギャスケル、第三章）。

現代の私たちから見ると、これらの答えは、エミリのだけは別として、それぞれの子の独創性や個性をあらわすというよりも、一九世紀のイギリス社会で「よい子」のために想定されていた金言集を完全無欠な正確さでなぞったように思われる。ブロンテ師がすっかり満足したのは当然であろう。

家庭での教育

彼はこの早熟な子どもたちの教育について頭を悩ました。ケンブリッジ大学の卒業生である彼は、溺愛する一人息子のブランウェルにはすべての教科を――特にラテン語とギリシア語には力を注いで――教えこんだ。だが女の子たちの教育は別だった。前述のように、ブランウェル伯母が初歩的な勉強と家事、裁縫を仕込んだほかに、並み外れて聡明な長女のマリアも、妹たちに読み書きと算術を教えた。彼女は母の死後、弟妹たちに対して母代わりの役を勤めようとけなげな決心をし、ますます物静かに大人びてきた。

ブロンテ師は三種類の新聞に目を通していたが、そのうち二種類は保守系のトーリー紙だった。その他彼は、やはりトーリー系の「ブラックウッズ－マガジン」や「フレイザーズ－マガジン」も読んでいた。マリアは新聞や雑誌の来るのを待ちかねるようにして子ども部屋に閉じこもり、貪《むさぼ》るように活字に読みふけった。そして部屋から出て来るや否や、議会での討論などを詳細に弟妹に語って聞かせるのだった。彼女は一〇歳にして、父親と対等に政治問題を語り合うことができたらしい。子どもたちは、玩具や童話や友だちがなくても、それら以上に心をときめかす対象として、現実の戦争や政争に一喜一憂した。彼らは外国の話題にも通じていた。ウェリントン公爵やナポレオンの活躍は、彼らの早熟な想像力を激しく駆り立てたのだった。

豊かな読書体験

ブロンテ師の書斎にはかなりの蔵書があった。アイルランドの彼の実家で、字の読めない父が大事に持っていたのは、聖書、ジョン＝バニヤンの『天路歴程』、そしてロバート＝バーンズの詩集だったが、彼は少年時代それらに夢中で読みふけったものだった。今、牧師館の彼の書棚には、聖書はもとより、ホメロス、ホラティウス、ミルトンの諸作品、サミュエル＝ジョンソンの『詩人伝』、ジェイムズ＝トムソンの『四季』、スコットの『ナポレオン伝』、バイロン、サウジー、クーパーの詩作品、何冊かの歴史書のほかに、『ギリシア神話』『イソップ物語』『アラビアン－ナイト』もあった。

一九世紀イギリスの女性作家の多くが、牧師の娘、あるいは牧師の妻であったことは偶然ではない。たとえ生活は貧しくとも、彼女らは中産階級に属する書物好きのインテリなのだった。ブロンテ姉妹は、父の豊かな書棚と、読書への積極的な勧めのおかげで、豊富な知識とロマンティックな文学趣味を養ったのである。

六　カワン＝ブリッジ校

牧師の娘の学校

ブロンテ師は一八二四年に、上の四人の娘を、ランカシャーのカワン＝ブリッジにあるクラージー＝ドーターズ＝スクールという学校に入学させた。これは牧師の娘を低廉な費用で教育するという趣旨で、ウィリアム＝カルス＝ウィルソンという牧師によってハワースから八〇キロ離れたこの場所に新設された学校だった。年俸二〇〇ポンドで大勢の子女を養わねばならぬブロンテ師にとっては、願ってもない機会に思われた（当時独身者がまともな生活をするのに必要とする経費は、年間約一五〇ポンドとみなされていた）。

この学校の生徒の年間経費は、衣服費、住居費、食費、教育費を含めて一四ポンドであり、あとは寄付金で賄《まかな》われた。授業科目は歴史、地理、地球儀の用い方、文法、作文、算数、あらゆる種類の針仕事、上質のリンネルの仕上げ方などの高級な家事。才芸を希望する場合は、フランス語、音楽、図画、それぞれに年三ポンド追加ということになっていた。入学案内書にはさまざまの規則を列挙した最後に、「すべての手紙および小包類は、校長によって検閲される」と書かれていた。

カワン-ブリッジ校　シャーロットが入学した1824年当時の版画

もしもブロンテ師が娘たちを自宅で教育し続け、カワン-ブリッジ校に送り出さなかったなら、彼女らの人生――とりわけ上の三人の娘の人生とシャーロットの作品――は、どんなに違ったものになっていただろうと思わずにいられない。なぜなら、マリアとエリザベスはこの学校で健康を害して、ほどなく死んでしまったし、シャーロットは後年それを契機にして、『ジェイン＝エア』のローウッド学院の場面を書いたからである。

学校の敷地は、レック川沿いの不健康な低湿地帯にあった。それに料理人が不注意で不潔だったために、腐った臭いのする食物がたびたび出される始末だった。潔癖で食の細いブロンテ姉妹は、そんなとき、たいていの場合どんなに空腹でもほとんど食べずに過ごした。日曜日にはウィルソン牧師の説教を聴くために、寒い吹きさらしの道を三キロ以上歩いてタンストール教会まで行かねばならなかった。入学時にはしかと百日咳《ひゃくにちぜき》の併発から十分回復していなかったマリアは、どんどん弱っていった。マリアにとって特に辛《つら》い試練となったのは、ミス＝アンドリューズという名の女教師が、彼女に対してたびたび加えた虐待といってもよい不当な処罰だった。物静かで夢想的で、不精《ふしょう》なところのあるマリアは、寄宿学校の厳格な日課に適応できなかった。几帳面《きちょうめん》に時間を守ったり、持物を整理整頓したりすることは不得手だった。だが何よりも、彼女が明らかに精神的に優れていることこそが、ミス＝アンドリューズの怒りを買ったのだ。どんなに不当な扱いを受けても、黙って耐え忍ぶその態度は、この女教師をますますサディスティックにさせた。

姉たちの死

一八二五年二月、衰弱のはなはだしいマリアは、ブロンテ師の迎えで家に連れ帰られ、五月に一二歳で死んだ。同じ五月エリザベスも病気のため退学し、六月に一〇歳で死んだ。学校では多くの生徒が熱病にかかっていた。さすがのブロンテ師も周章狼狽《しゅうしょうろうばい》し、シャーロットとエミリを退学させた。

この学校の学籍簿には、次の記載が残っている。シャーロットについては、「読みはかなりできる。書き方は普通。算術は少し。縫物は上手。文法、地理、歴史、才芸については知識なし。年齢のわりには利発だが、組織的な知識に欠ける」そしてエミリについては、「読みは大変上手。縫物は少し」と。

この学校の厳格なキリスト教的規律、ウィルソン師の課す非人間的な教育、マリアに対する女教師の虐待、じっと耐えるマリアと、それを陰になり日向《ひなた》になりしてかばうもう一人の優れた女教師、そしてマリアの死――これらは、傍らでなすすべもなく見守っていた幼い妹シャーロットの心に深く強く刻みつけられ、約二〇年後に火のような言葉で『ジェイン＝エア』に再現された。カワン＝ブリッジはローウッド学院、ウィルソン師はブロックルハースト師、ミス＝アンドリューズはミス＝スキャッチャード、尊敬すべき女教師はミス＝テンプルとして。そして、マリアは彼女と生き写しのヘレン＝バーンズとして。

シャーロットは、後年ギャスケル夫人に再三こう言ったという。「もしその場所がすぐカワンーブリッジとわかると思ったら、私は書きはしなかったでしょう」と。だが同時に、彼女は、「その学校についての叙述には、私の知っていた当時の真実以外、一語も記していません」とも語ったのである。

母の死後、母代わりとして弟妹を保護してきた優れた姉マリアを、シャーロットは、まるで聖者のように崇拝していた。だがヘレン＝バーンズの言葉として表されたマリアの哲学が、次のようなものであるとしたら、シャーロットは、彼女が激しく憎むウィルソン師の信条――罪なき幼児の死をよしとする――にそれが非常に近いことに気づいてはいなかった。――「若いうちに死ぬおかげで、わたしは、ひどい苦しみをしないで済むのだわ。わたしは、この世で高い地位にのぼれるような素質も才能も持っていないし、生きていても、いつもあやまちを犯してばかりいるにきまっているわ」（『ジェーン・エア』第九章）

シャーロット自身は、ほとんど目立たぬ生徒だったらしい。ミス＝テンプルの原型となった教師は、ブロンテ家の下の二人の子どもについては、「（もし二人いたとすれば）かわいらしい子が学校中のペットであったことだけしか覚えていません」と書いている。その子は、シャーロットではなくてエミリだった。シャーロットは後年、当時の自分について、「大人しく、コツコツと努力するタイプ」だったと書いた。だがこの従順で目立たぬ表面のかげに、彼女がすでに烈々たる怒りと憎悪――特に男性の権威と圧制に対する憎悪――、そして時には事実を拡大・歪曲さえするほどの情念を秘めていたことは、『ジェイン＝エア』におけるローウッド学院の描写に明らかである。

第二章　幻想と現実

七　幻想遊び――「グラスタウン」まで

兵隊の人形

厳しい父が書斎に閉じこもり、同じく厳しい伯母が寝室で縫物や読書をしている間、ブロンテ家の子どもたちは、大人の干渉をまったく受けずに自分たちだけの時間を楽しむことができた。

二人の姉の死後、三女シャーロットは長姉の立場に立ち、勉強にせよ遊びにせよ、きょうだいの中でリーダーシップを握っていた。一三歳の彼女が書き残した記録を見よう。それは「一八二九年の歴史」と題する小文だ。その冒頭の記述は、今彼女の目の前にある古い地理の本の余白には、亡き姉マリアの筆跡で「パパがこの本を貸してくださった」と書き込まれている、という姉への追憶で始まる。

……私は、これを書いている間、ハワースの牧師館の台所にいます。召使のタビーは朝御飯の食器を洗っています。妹のアン（マリアが一番上の姉さんでした）は椅子の上にひざをついて、タビーが私たちのために焼いていたケーキを眺めています。エミリは居間にいて、じゅうたんにブラシをかけています。パパとブランウェルはキースリーに出かけています。伯母さまは二階のご自分のお部屋にいらして、私は台所のテーブルのそばに座ってこれを書いています。……私たちのお遊びができあがりました――『青年たち』は一八二六年六月、『わが仲間たち』は一八二七年七月、『島人たち』は一八二七年一二月です。これらは、ないしょではない三つの大きなお遊びです。エミリと私の「ベッド劇」は一八二七年一二月一日にできあがりました。その他のものは一八二八年三月です。「ベッド劇」というのは秘密のお遊びという意味で、とても楽しいものです。私たちのお遊びは、みんな大変変わったものばかりです。どんな性質のものかは紙に書くまでもありません。きっといつまでもよく覚えているだろうと思うからです。「青年たち」のお遊びは、ブランウェルが持っていたいくつかの木の兵隊から始まりました。「わが仲間たち」は『イソップ物語』から、そして「島人たち」は実際に起きたいくつかの事件から生まれました。私たちのお遊びの始まりを、できればもっとはっきりと書きましょう。まず最初に「青年たち」について。パパがブランウェルに、リーズでいくつかの木の兵隊を買って来ました。パパが帰って来たときは夜で、私たちは寝ていました。そこで翌朝ブランウェルは、一箱の兵隊人形を持って、私たちの部屋にやって来たのです。エミリと私はベッドから飛び出しました。私は一つをひっつかんで、「これはウェリントン公爵よ。これを公爵にするわ！」と叫びました。私がこう言い終わったとき、エミリも同じように一つを取り上げて、それを自分のものにすると言いました。そのときアンがやって来て、一つを自分のにすると言いました。私のが、全部の中でいちばんきれいで背が高く、あらゆる点で完全無欠でした。エミリのはまじめな顔をしていたので、私たちは彼を「まじめちゃん」と呼びました。アンのは彼女によく似て風変わりで小柄なので、私たちは彼を「ボーイさん」と呼びました。ブランウェルも自分のを選んで、彼を「ボナパルト」と名づけました。
一八二九年三月一二日。

これこそ、世界文学史上類例を見ない、きょうだい四人による長期的集団幻想の起源であった。この小文には、後年のシャーロットの文学の特徴と思われる二つの傾向の共存がすでに見てとれるのではなかろうか——日常生活の諸事実をことこまかに記述しようとするリアリズムの姿勢と、空想遊びの興奮に身を委《ゆだ》ねようとするロマンティシズムの傾向とが。そしてさらに、ウェリントン公爵を生涯崇拝し続ける彼女の保守主義までも。

「青年たち」「島人たち」遊び　姉たちの亡きあと、シャーロットは政治・外交・国際問題通を自任していた。木の兵隊人形に触発された「青年たち」遊びは、イギリス国民の記憶にまだ鮮やかなウェリントン公爵とナポレオンとの一連の戦争を、空想によって再現したものである。シャーロットが統御するウェリントン公指揮のイギリス軍とブランウェルが統御するナポレオン指揮下のフランス軍が、さまざまの戦略を駆使して攻撃したり退却したりするのであった。子どもたちは、戦争ごっこに飽《あ》いてくると、今度は『イソップ物語』にヒントを得て、各人が巨人の島の持ち主になる「わが仲間たち」遊びを始めた。次いで「島人たち」遊びが続くが、その遊びの起源を、筆まめなシャーロットは、一八二九年六月三〇日という日付で、こう記した。

「島人たち」のお遊びは、一八二七年一二月、次のようにして始められました。一一月の冷たいみぞれと嵐を伴う霧のあと、正真正銘の冬の吹雪と激しい刺すような夜風の吹く夜がやってきて、私たちは暖かい台所の赤々と燃える炉火の回りに皆で座っていました。ろうそくをつけるべきか、どうかについて、タビーと口喧嘩《くちげんか》をしたばかりの時でした。タビーは勝利をおさめ、ろうそくは出してもらえませんでした。長い沈黙が続きましたが、その沈黙は、ブランウェルがものうげに、「何をしたらいいかわかんないよ」という言葉で、とうとう破られました。エミリもアンも同じことを言いました。

タビー　ほんなら寝るとええだに。

ブランウェル　寝るより別のことがしたいよ。

シャーロット　タビー、今夜はなぜそんなにご機嫌《きげん》が悪いの？　ああ！　私たちがそれぞれ自分の島を持ってるとしたら、どうかしら。

ブランウェル　それなら、僕はマン島がいいな。

シャーロット　じゃあ私はワイト島がいいわ。
エミリ　私はアラン島よ。
アン　私のはガーンジー島。

次に彼らは島の支配者たちを選んだ。ブランウェルは一人の有名な医者、一人の有名な文人、そしてイギリス人の典型とされるジョン＝ブル、エミリはサー＝ウォルター＝スコット、彼の伝記の作者ロックハートとその息子、アンは二人の社会改良家と一人の有名な医者を選んだ。シャーロットは当然、彼女の英雄であるウェリントン公爵と二人の息子、それに「ブラックウッズ＝マガジン」の編集者クリストファー＝ノースと医者のアバーネシー氏を選んだ。こんなに大勢の医者が選ばれたのは、実際的な理由からだった。つまりブランウェルの統轄する戦争の多くの負傷者の手当てをするためであった。このあと、七時を告げる時計の音で、子どもたちは寝室に追いやられ、翌日彼らは人物表にさらに多くをつけ加え、王国の主要な人々をほとんど全部手に入れたのである。

人形の雑誌を発行

この英雄たちには、戦争以外にもいろいろな活躍の場が準備された。彼らはたいてい文学にも造詣《ぞうけい》が深いことになっていた。一八二九年、ブランウェルは一家が讃美してやまぬ「ブラックウッズ＝マガジン」に倣《なら》って、「ブラックウッズ＝ヤングーメンズ＝マガジン」を発行することを思いついた。兵士たち自身が執筆し、発行し、販売するという雑

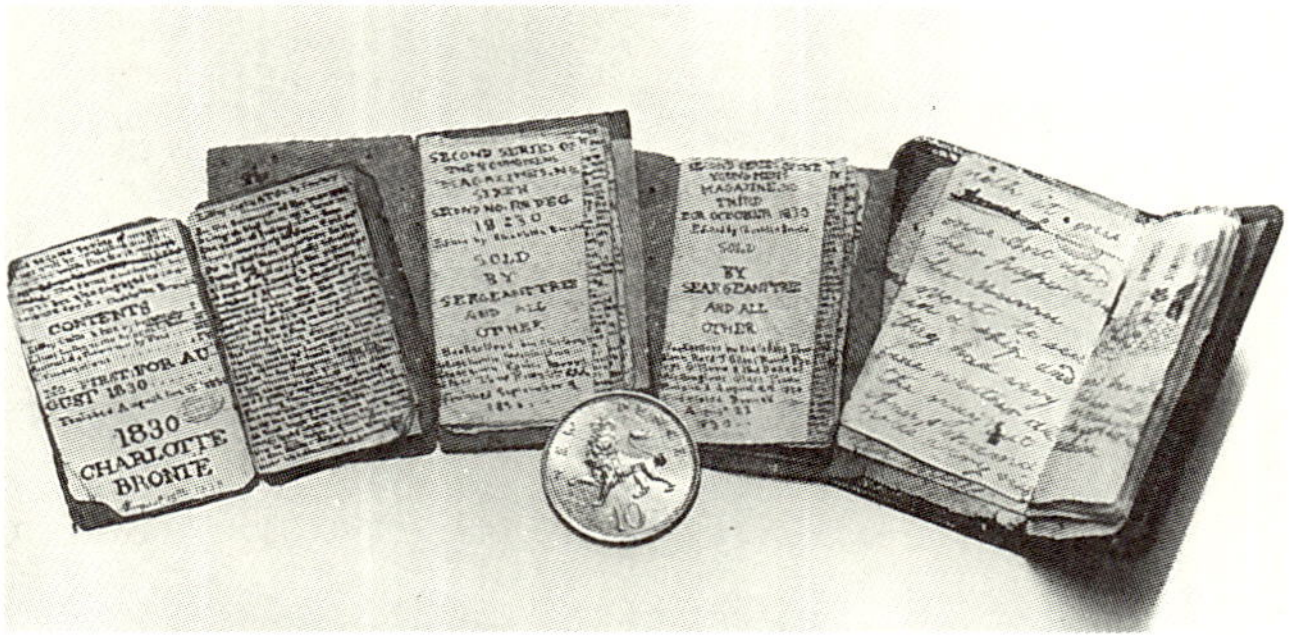

きょうだいが子供時代につくった豆本

誌である。人形の兵隊にふさわしいサイズにするために、ブランウェルは縦六・五センチ、横四センチ足らずの四ページから成る雑誌を作り、そこに微細な字で「グラスタウン」の記録を書きつけた。このころ子どもたちは、地理書にヒントを得て、アフリカを舞台にする「グラスタウン連邦」を樹立していたからである。彼らは自らが守護神となって、英雄たちを支配しはじめた。

やがて勝気なシャーロットが、ブランウェルに取って代わり、「ヤング－メンズ－マガジン」の主筆の座を占めることになった。日夜そこに書きつけられる幻想への熱中は、シャーロットにとって、現実生活のいかなる局面よりもリアルなものに思われた。彼女にとって、唯一重大と思われる現実の事件は、ロンドンの政治問題だった。一八二九年、カトリック教徒解放法が議会を通過したという新聞が届いたときの一家の興奮と不安は大変なものであった。保守的なシャーロットは、この解放法に反対を表明した。

シャーロットの男性の語り手

こうしてシャーロットは、一連の幻想遊びの男性的な世界を牛耳り、彼女の英雄ウェリントン公爵が常に勝利者となった。彼女は「ヤング－メンズ－マガジン」において、家庭的な問題は扱わず、戦争、政治、陰謀、探検、殺人を扱い、自ら守護神タリイとして、地響きを立てて闊《かっ》歩《ぽ》し、川を氾濫《はんらん》させ、臣下に対して生殺与奪の権利を揮《ふる》った。

カワン－ブリッジから帰宅して以来、シャーロットは驚くほど多量の作品を生み出していた。一八二九年四月から一八三〇年八月初めまでの作品一覧表を彼女は残しているが、それによると「ヤングーメンズーマガジン」やいくつかの物語を含め、なんと全部で二三巻に及んでいる。シャーロットは一八二九年以来、「トリー大佐」というグラスタウンの作家の名前で書くことが多かった。一八三〇年には、「グラスタウン」が「ヴェルドポリス」と呼ばれるようになり、人物もかなり変わった。

ウェリントン公爵は背景に退《しりぞ》き、その子息アーサー＝オーガスタス＝ウェルズリが、ドゥアロウ侯爵という才能と美貌に恵まれた瞑想的な青年貴族として登場した。彼の才能と関心がいかに多彩であるかは、彼の肩書きから推察できる。それは、「骨董愛好会協会員、一八三〇年文学クラブ会長、芸術アカデミー名誉会員、古典教養普及協会収入役、体育促進百人連合代表、等」というのである。彼の雄弁や話題の広さは驚くべきもので、このころのシャーロットが理想とする男性像が投影された、といってもよいだろう。だがこのハンサムな貴族の危険な魅力には、いつも艶聞や醜聞がつきまとっていた。そしてシャーロットは、彼の弟で陽気で辛らつなチャールズ＝ウェルズリ卿として、兄の恋愛事件をからかい、グラスタウンのさまざまな情報をアイロニカルに語った。幻想世界に埋没したいと願うシャーロットにとって、この皮肉屋の男性ペルソナは、まさにうってつけの媒体であった。これに対し、ブランウェルは、多くの場合、ヤング＝アレグザンダー＝スールトやバッド大佐の筆名で対抗した。

一八三〇年六月二二日に、シャーロットは、次のような奇妙な出来事がその日実際に起こったことを、一枚の紙片に書いた。ブロンテ師が重病で寝ていたとき、主のお告げを受けたという一人の老人が牧師館の玄関に現れ、近くキリストの訪れがあるからそのお迎えの準備をせねばならぬ、と伝えたというのである。幻想物語の中で小人や妖精や守護神の活躍に没頭しているうちに、シャーロット─チャールズ卿はますます霊的傾向、超自然志向が強くなっていったのだった。

八　ロウーヘッド校

シャーロット、ロウーヘッド校に入学　ブロンテ師が一時ひどく健康を害したとき、彼は万一の場合に備えて娘たちの自立の準備が必要であると感じた。幸い彼はその後回復したが、まずシャーロットが、ハワースから約三〇キロ以上東南マーフィールド西部にあるロウーヘッドのウラー女史の学校に入ることになった。この入学は、当時中産階級出身の女性が誇りを失わずに就くことができた唯一の職──住み込み家庭教師──の資格を得るためであった。彼女は一八三一年一月の寒さの厳しい日に、重い心でロウーヘッドに出発した──グラスタウンの管理をいやいやブランウェルに譲り、首領の不在を案じる弟妹をあとにして。

のちに親友になったメアリ＝テイラーは、シャーロットがロウ－ヘッドに到着したときのことをこう記している。

私は、彼女が幌《ほろ》馬車から降りるところを初めて見ました。ひどく流行遅れの服を着て、とても寒そうで惨《みじ》めな様子でした。ミス＝ウラーの学校に来たのです。教室に現れたときには違う服でしたが、同じように旧式でした。彼女は小さい老婆のように見えました。ひどい近視なので、いつも何かを探しているように見え、それを見つけるために頭をあちこち動かしているようでした。とても恥ずかしがり屋で神経質であり、強いアイルランド訛《なま》りで話しました。本を渡されると、鼻が本にくっつきそうになるまで本の上に頭を下げました。頭を上げているように言われると、頭について本も上がって、あいかわらず鼻にくっつきそうだったので、笑わずにはおれませんでした。（ギャスケル、第六章）

ロウ-ヘッド　シャーロットのスケッチ

その惨めな様子は、王座を揺るがし雷電を放つ守護神タリイにはいかにも不相応だった。一五歳に近いこの少女は大変小柄で痩《や》せており、鼻は平凡な形で大きく、口も大きくて曲っていた。大きな茶色の目は表情に富んでいた。茶色の髪は柔らかだった。彼女は、いつも体力の弱さと容姿の貧弱さを意識しており、非常に物静かだった。

シャーロットは、これまで組織的な勉強をしたことがないため、文法や地理の知識はほとんど皆無だった。だが、自己向上の意志が強く、教育の価値を確信し、やっとのことで周囲に馴染むや、一瞬たりと時間を無駄にせず、勉学に励んだ。生徒一〇名という小さな学校だったが、彼女はウラー女史の温情に包まれ、メアリ＝テイラーとエレン＝ナッシーという生涯の友を得、メキメキと成績を上げた。彼女は、ひどい近視でも眼鏡をかけなかった。すべての遊戯が下手だったために友達といっしょに遊ぶということはまったくなかったが、話をするのがうまいのでやがて人気者になった。夜になると彼女は、皆を集めていろいろな物語を語って聞かせたが、それらがあまりに真に迫っているので、寝て聞いている友達が興奮して震え出し、彼女自身も怯えて悲鳴をあげ、ウラー女史からお目玉をくらうという有様だった。

二人の親友

この学校でシャーロットが得た二人の親友は、あらゆる点で対照的だった。エレン＝ナッシーはバーストールの素封家《そほうか》の娘で、優しくおとなしい少女だった。他方メアリ＝テイラーはゴマサルの織物工場主ジョシュア＝テイラーの娘で、進取の気象に富む活発な少女だった。エレンはシャーロットの知的欲求を満たすことができず、生涯親友の心の奥をかいま見ることを許されなかった。しかしシャーロットは、善良で忠実な一つ年下のエレンを深く愛し、後年たびたび

少女時代のエレン＝ナッシー
シャーロットによる肖像

晩年のメアリ＝テイラー

彼女を訪れて、創作が行きづまったときの悩みや疲れを癒《いや》している。エレンもハワースを時々訪れた。その交遊の旅が、主として『ジェイン＝エア』の舞台のみならず、プロットの重要な一部を構成することになった。エレンは、シャーロットの手紙を生涯にわたって大切に保存し、ギャスケル夫人によるシャーロットの伝記に大きな貢献をした。

シャーロットは活発なメアリにだけは、幻想の「創作《メイキング－アウト》」遊びの習慣について話した。メアリが時々、「あなたたちって、地下室の中で育つじゃがいもみたいね」と言うと、彼女は悲しげに、「そうなの！　その通りよ！」と答えた、という。あるとき、率直なメアリが、「あなたは醜い」と言ったことがあった。後年彼女がシャーロットにその非礼を詫《わ》びたとき、シャーロットは「あなたは私のためになることをしてくださったわ」と答えた。だが、シャーロットには生涯容姿に関するコンプレックスがつきまとい、彼女の小説のヒロインにもその影響が見られる。傑出した知性と独立心をもつメアリは、のちにブリュッセルに留学し、ドイツで教職につき、長じてはニュージーランドで女実業家として活躍した。彼女は生涯文通を通して、シャーロットの内向性と保守性に揺さぶりをかけ続けた。メアリとその一家、そしてそこへの訪問がシャーロットの想像力に働きかけたのは、主として『シャーリー』に関してだった。

このように対照的な二人と親交を結んだという事実自体が、シャーロットの、そしてその作品の特徴である極端な二面性の共存――情熱と抑制、理性と想像力、保守性と革新性など――を示しているのではなかろうか。

ロウーヘッド退学

シャーロットがロウーヘッド校で学んだ一年余の期間は、ウラー女史の指導の巧みさと自由でのびのびした校風により、カワンーブリッジ時代とは比較にならぬ幸せな時期だった。土曜日の半ドンの日には皆で遠くまで散歩に出かけた。そんなときにウラー女史がこの地方の歴史について生き生きと語った話を、生徒たちの中で少なくともシャーロットはしっかりと記憶していた。後年『シャーリー』の中で彼女が書いた往時の労資の紛争――特に労働者の悲惨な生活と工場襲撃事件など――の原型は、ここにあった。

だが幸せなこの時期の中で、シャーロットにとってもっとも幸せな日は、ブランウェルがハワースからはるばると歩いて姉に会いに来た日であった。彼と腕を組んで校庭を歩きながら、彼女は遠く置き去りにしてきた幻想世界の物語を、貪るように彼から吸収したのだった。

一八三二年五月、シャーロットはガヴァネス（「ガヴァネス」とは元来、住みこみおよび通いの女家庭教師、ならびに学校の女教師の三種類の総称だったが、次第に住みこみ女家庭教師を主に意味するようになっていく）に必要と思われる知識を学び終え、ロウーヘッドからハワースに帰った。

九　ゴンダルとアングリア

ゴンダル王国の創始

シャーロットの不在中、他の三人のきょうだいは、どんな風に過ごしていたのだろうか。以前から非常に仲が良かったエミリとアンは、シャーロットとブランウェルが牛耳るグラスタウン（のちにヴェルドポリスと改名）の幻想世界に少しずつ飽《あ》きはじめていた。とりわけブランウェルが年がら年中創り出す、血なまぐさい戦争や革命のプロットにはウンザリだった。

二人は共同で、新しい幻想世界ゴンダルの物語を創り出した。時は一九世紀の初頭、北太平洋のゴンダル島と南太平洋のゴールダイン島に展開する幻想の物語は、恋愛、姦淫、陰謀、殺人、自殺など、暗黒の情熱に支配されるロマンスだった。ゴンダル島の気候や景観はヨークシャーの荒野に似ていて、冬は厳しく、夏にはヒースやブルーベルの花が咲いた。ゴンダル王国は、シャーロットとブランウェルによる男性支配の王国とは対照的に、オーガスタ＝ジェラルディーン＝アルメダ（A＝G＝A）という名の黒髪の女王が統治し、次々と恋人を変え、権力を揮《ふる》う女性的世界だった。エミリが自分とほぼ同年輩のヴィクトリア女王を崇拝していたことが、女性の性的、そして政治的力の発揮の場をゴンダルに創造したことの源であろう。

二人の妹は、学問と外界での経験を身につけて帰宅したシャーロットを、敬慕の念をもって迎えた。そして、彼女がロウーヘッドで学んだ知識を彼女らにも分かち与えるよう、また持ち帰った本を読ませてくれるよう、熱心にせがんだ。シャーロットは、ふたたびきょうだいのリーダーの地位につきはしたものの、双生児のように息の合った二人の妹の幻想世界に入りこむ余地は、すでになかった。

ブランウェルの成長

ブランウェルもまた変わった。彼はもはや空想の兵士たちの子どもっぽい司令官ではなく、恐るべき悪漢やバイロニックーヒーロー（詩人バイロン自身、または彼の作品の主人公に見られるロマンティックで反世俗的で性的魅力に富む人物）の生みの親であった。一人息子として甘やかされた少年、父の教育によって早熟な才能を開花させたこの若者は、今では多感な青年へと成長し、幻想の悪人どもを生み出すだけでは物足りなくなっていた。彼は父の目を盗んで、教会とは目と鼻の先の酒場ブラックーブル亭やホワイトーライオン亭の二階で拳闘の練習に熱中した。またしばしばその一階の居酒屋でビターを飲み、大ぼらを吹いて、大人たちの道化を演じた。近隣の人々と交ったことのない姉妹にとって、村の連中と共に賑やかに飲み騒ぐブランウェルは、一種の英雄性の輝きさえも帯びて見えた。

アングリア王国の建設

シャーロットは以前にも増して熱心に幻想世界にのめりこんだが、ブランウェルとの共同作業だけではもう飽き足りなかった。一六歳の女性としてのプライヴァシーを守りたい気持ちもあった。こうして彼女は、ヴェルドポリスから彼女独自の新しい幻想王国アングリアへと移っていった。

エミリとアンのゴンダル王国が寒く荒涼とした北太平洋の島に存在するのに対して、アングリア王国は、アフリカ西海岸のヴェルドポリスの東方に位置する熱帯的な空間だった。前述したように、かつて彼女のアイドルだったウェリントン公爵に代わり、その長男のアーサー＝オーガスタス＝ウェルズリが主人公となっていたが、彼はドゥアロウ侯爵を経て、やがて次第に残酷で性的魅力に富む暗黒の英雄ザモーナ公爵へと発展していった。シャーロットとブランウェルは、父の蔵書に含まれるバイロンのロマンティックな作品をかねがね貪るように吸収していたが、放浪の詩人バイロンの孤独、反逆、革命、冒険に富むロマンティックな生涯と、彼が生み出した不道徳な主人公たちの影響は、ブランウェルの現実生活に、またシャーロットの場合はその幻想作品に深く浸透していった。

アングリア王国では、ザモーナが王、その妻メアリ＝パーシーが王妃であった。ブランウェルが、アングリア王国との戦争や、王妃の父で海賊上がりの悪魔的な人物ノーサンガーランド公パーシーの悪行や逆境を創り出すことに熱中しているとき、シャーロットは次第に恋愛のテーマに心を傾けていった。アングリアの幻想世界へののめりこみは、シャーロットが自分の容姿に関する劣等感と狭く閉ざされた現実生活とを、一時的にせよ忘却、超越するための絶好の手段となった。

このころシャーロットは、ロウ＝ヘッドで生まれた友情を大切にして、盛んに文通した。メアリ＝テイラーへは、貪欲なまでの知的好奇心、怒りや不満といった感情、政治問題に関する率直な意見などを大胆に書き送った。エレン＝ナッシーには、まるで同性愛の相手に送るような、甘ったるく熱烈な愛情を定期的に書き送った。

狂気の豆本

シャーロットは一七歳、そして一八歳になっても、猛烈な勢いで次々にアングリア物語を生み出し続けていた。ギャスケル夫人は後年伝記の資料として、当時のシャーロットによる手書きの微細な活字体がギッシリつまった数十冊の手綴《と》じの豆本を手にしたとき、「狂気の瀬戸際に瀕《ひん》した創造力」を感じて戦慄《せんりつ》を禁じえなかったという。

当時一八歳といえば、多くの少女が結婚し、母になる年齢だった。シャーロットのように不器量で世間との交際を欠く少女は、オールドミスになる危険が大きかった。性的渇望と創作への渇望が彼女を駆り立てるにつれ、ザモーナ公爵はますます危険な性的魅力と独裁性と罪悪への傾斜を深めていった。シャーロットはやがて一九歳の誕生日を迎えた。

他方、絵画の才能を認められていたブランウェルは、近くロンドンのロイヤル＝アカデミーに入学する予定だった。だがシャーロットには、自立のための何の具体的な見込みもなかった――彼女にとって、女であることの限界を越えるすべはなかったのである。

一〇 日常生活

平凡な毎日

ブロンテ姉妹は幻想の世界に入り浸る半面、牧師の娘として堅実に、規則的な生活を送っていた。日曜学校の先生の仕事もキチンと続けていたが、義務として以外は、決して進んで他の人間と交わろうとはしなかった。シャーロットは、ロウーヘッドから帰ってからの日常生活について、次のようにエレンへの手紙に書いた。

一日の様子を述べれば、毎日の様子を述べたことになります。午前中は九時から一二時半まで妹たちを教え、絵を描きます。それからディナーの時間まで、皆で散歩をします。ディナーのあとはお茶の時間まで裁縫をします。そのあと、私は気の向くままに書いたり、読んだり、刺繡《ししゅう》をしたり、絵を描いたりします。このように何かしら単調ですが、毎日が楽しく過ぎます。家に戻ってからたった二度お茶に出かけただけです。(一八三二年七月二一日)

エレンの訪問

一八三三年八月、エレンがハワースを初めて訪問し、その時の印象を書き残した。一五歳のエミリは背が高く、青白い顔と優美な姿をしていたが、打ち解けようとはせず、その美しい濃い灰色の眼を上げようとさえしなかった。アンは、ほっそりと小柄で、薄茶色の髪が上品な巻き毛になって垂れ、目はすみれ色がかった青色で、透き通るような肌をしていた。彼女は親しみやすかった。アンは伯母さんの大のお気に入りだった。ブランウェルは小柄だがハンサムで赤い髪をしていた。エレンは、天気の良い日には決まって荒野に散歩に連れ出されたが、エミリが荒野に出たときだけ、子どものように生き生きと快活な態度になることに気づいた。

　牧師館には、カーテン類は一切なかった。ブロンテ師が火事を恐れたからである。居間と書斎以外はじゅうたんも敷いてなく、階段やホールの床は砂岩作りで塵《ちり》一つなく清潔だった。壁紙も貼ってなかった。清潔と質素――それが一種の厳しい洗練を生み出していた。

　毎夜八時には、白髪のブロンテ師が厳粛な態度で一家を集めて礼拝をした。伯母さんはとても小柄で古風な婦人であり、冷えぬように、いつも一種の木靴をはいてカタカタと音を立てていた。九時になると、ブロンテ師は玄関の扉に錠を下ろし、居間の前で子どもたちに早く寝るようにと言い、階段の踊り場で立ち止まって、古い掛け時計のネジを巻くのが夜の日課だった。そのあと、各人は自由に過ごした。エミリとアンはいつもいっしょに、台所か二階でゴンダルの夢にふけるのだった。かつてシャーロットとエミリが二人して「ベッド劇」を創っていたころ、二人は同じベッドで眠り、何もかもいっしょだった。しかしシャーロットのロウ‐ヘッド在学中に、エミリはアンと同盟を結び、シャーロットとは対極的な幻想世界の住人となり、やがてシャーロットの理解を超える頑強な自我を育てていった。

芸術への開眼

このように自足的な、判で押したような生活の中に、一つの変化があった。一八三〇年代初めごろから、父が子どもたちのために絵画と音楽の先生に個人教授を依頼したのである。画家志望のブランウェルだけでなく、姉妹たちもそれぞれ絵と音楽の才能を示していた。彼女らは一日に何時間も絵を描いたり、彫版画の模写をしたりした。特にシャーロットはこの模写に熱中し、以前から近眼だった目をひどく酷使した。絵画への興味は、のちの作品における生彩に富んだ描写に役立った。ブランウェルは油絵を描き、将来肖像画家として有望と思われていた。当時彼が描いた三姉妹の肖像画は、生硬ながら実物の特徴をよく写しており、現在ロンドンのナショナル-ポートレイト-ギャラリーに展示されている。

シャーロットはひどい近視のために楽譜が読めず、ピアノが弾けなかったが、他の三人は音楽好きだった。ブランウェルはフルート、オルガン、エミリはオルガンとピアノ、アンは声楽に優れていたらしい。

音楽や絵画の個人指導を子どもに受けさせるために、父は決して豊かとはいえぬ家計の中からやりくりをしたが、彼の最大の期待はもっぱらブランウェルにかかっていた。

散歩と読書

姉妹の午後の散歩の足は、決して村の方には向かず、決まって荒野に向けられた。時には往復一三キロも歩いて、キースリーの町の図書館に行き、時には丘を下って父の知人のヒートン家で本を借りた。このポンデン-ホールと呼ばれる邸は、後に『嵐が丘』の中で、リントン家のスラッシュクロス邸の原型にされた。

大の読書家だったシャーロットは、エレンからの依頼で、読むべき本を手紙（一八三四年七月四日）の中で推薦した。一流の詩人として彼女が挙げたのは、ミルトン、シェイクスピア、トムソン、スコット、バイロン、キャンベル、ワーズワスなど——ロマン派の詩人への傾倒ぶりがうかがわれる。シェイクスピアの多くの悲劇と、『カイン』『ドン＝ジュアン』以外のバイロンの詩も勧め、小説ではスコットだけを読めばよい、と書いている。そのほか、歴史、伝記、博物学関係の推薦書を見ると、シャーロットがかなり広範囲の読書をしていたことがわかるだけでなく、エレンの知力の限界と彼女の保守的な家風への配慮も見られる。当時の家庭では、シェイクスピアは下品であると考えられ、あまりロマンティックなもの、特にバイロンはほとんど例外なく忌避《きひ》されていたのである。

エミリとアンの日記

筆まめなシャーロットの手紙がエレンのおかげで多く残っており、アングリア関係の原稿もたくさん保存されているのに比べ、エミリとアンの手になる資料はごく少ない。ゴンダルに関する作品としては、散文物語は一つもなく、ただエミリとアンの詩が残っているにすぎない。ゴンダルでは、エミリがもっぱら主導権を握り、アンはお付き合いをしていたらしい。エミリの一九〇篇余の詩の大半と、アンの五九篇の詩のうち二三篇が、ゴンダルのために書かれたと推定されている。彼女らの原稿がシャーロットによって処分されたという説もあるが、はっきりしない。だが、エミリとアンが四年ごとに書こうと決めた二人の日記が、貴重な資料として残存する。一八三四年一一月二四日、一八三七年六月二六日、一八四一年七月三〇日、一八四五年七月三〇日（エミリ）、同三一日（アン）の四回分である。そのうち最初のもの――二人の共同日記を引用しよう。

エミリとアンの日記　1837年

一八三四年一一月二四日　月曜日

エミリ＝ジェイン＝ブロンテ、アン＝ブロンテ

私はレインボウ、ダイアモンド、スノウフレイク、ジャスパーきじ（別名）に餌をやった。今朝ブランウェルはドライヴァー氏の家へ行き、サー＝ロバート＝ピールがリーズから立候補するように勧められている、という知らせを持って来た。アンと私はリンゴの皮をむいていたが、それはシャーロットがリンゴのプディングを作るためだ。……タビーがつい今しがた、さあアン、じゃがいもの皮をむくんだよと言った。伯母さまが今台所に入って来て、アン、お前の足はどこにあるのと言う

と、アンは、伯母さま、床の上にあるわと答えた。パパが居間のドアを開けて、ブランウェルに手紙を渡し、さあブランウェル、これを読んで、伯母さまとシャーロットに見せなさいと言った。ゴンダル人はゴールダインの奥地を発見しつつある。サリー＝モズリーは裏の台所で洗いものをしている。……

この日記にも、シャーロットの文章と同じように、卑近《ひきん》な日常生活とはるかな幻想世界とが交錯し、ブロンテ姉妹が、それら対照的な二つの世界に自在に出入りしつつ成長していった様子が、示されている。

一一　ロウ－ヘッドふたたび

教師シャーロット

やっとのことでシャーロットにも、自立へのささやかな小道が通じた。ウラー女史からの申し出によると、彼女の学校でシャーロットが助教師として働くなら、妹たちの一人を学費免除で教育してやってもよい、という条件だった。ロンドンに絵画修業に行く予定のブランウェルのために、経費の出所について父と伯母が頭を痛めていることを知っていたシャーロットにとって、これは有り難《あがた》い申し出だった。さまざまな不安はつきまとうが、とにかく、見知らぬ家庭で住み込み家庭教師をやるよりはましであろう。シャーロットはエミリを同伴することに決め、「義務と必要」の声に従ってハワースをあとにした。一八三五年七月、エミリの一七歳の誕生日の前日のことだった。

このときから一八三八年一二月にシャーロットが辞職するまで、思いがけぬ紆余曲折《うよきよくせつ》があった。敬愛するウラー女史のもとでさえ、教師として教えることは、生徒として学ぶことよりずっと辛いことだった。当時の教師は社会的・経済的に生徒よりも一段低い立場にあり、給料によって縛られる奴隷といってもよかったのである。

エミリの挫折

だが、もっと憂慮すべき事態は、故郷を離れたときから刻一刻と衰弱しはじめたエミリの健康状態だった。彼女は自分の中に引きこもり、シャーロット以外の誰とも口をきかなかった。後年エミリの死後にシャーロットが書いた文によると、「妹のエミリは荒野を愛した。この上もなく暗いあの荒野にも、彼女にとってはばらよりも輝かしい花々が咲いていた。彼女は、鉛色の山腹のくぼみを楽園と見なした。彼女は寒々とした寂寥の中に無数の心の喜びを見つけたが、中でももっとも強く愛したものは――自由だった。自由こそ、エミリの鼻孔を通う息吹《いぶき》であり、それがなくては、彼女は死んでしまうのだった」(『嵐が丘、アグネス＝グレイ』一八五〇年版の中の「エリス＝ベル詩選集」につけた序文)。

自然児エミリは、規則正しい集団生活を束縛と感じ、それに適応できなかった。ハワースの自然との交流を失い、さらにゴンダルの幻想世界から切り離されたことが、彼女の衰弱に拍車をかけた

ロウーヘッド　アンのスケッチ

のである。彼女はわずか三カ月足らずの間ロウーヘッドにいただけだった。一〇月中旬牧師館に帰された途端、エミリはたちまち元気を回復し、入れ代わりにアンがロウーヘッドに送られた。

シャーロットの苦悩

シャーロットは以前から、寡黙なエミリの剛毅《ごうき》を敬愛さえしていたが、おとなしいアンの忍耐や敬虔さを軽視する傾向があった。ロウーヘッドからエミリが去ると、シャーロット自身がいっそう不幸になった。エミリと仲睦《むつ》まじかったアンも、エミリと離れた生活を悲しんだ。異常なまでに義務感の強いシャーロットは、自分とアンの衣服を整えるのが精一杯という低給と引き換えに、ほとんど休養もとらずに働き続けた。多忙な義務に縛られて今回のロウーヘッド生活は、前回以上に、シャーロットを幻想世界への渇望と、それを満たすことができぬ苦悩とで引き裂いた。

今日は一日中、私は夢の中にいた。半ば惨めな気持ちで、半ば恍惚《こうこつ》として。なぜ惨めかというと、途中で邪魔されずに夢を追うことができないから。なぜ恍惚かというと、地獄界のさまざまの出来事を、まるで現実のようにまざまざとその夢想が見せてくれるからなのだ。私は一時間、リスナー嬢、マリオット嬢、エレン＝クックと共に苦しい勉強をした。彼らに「冠詞」と「名詞」の区別を教えようと努力しながら。……次のような考えが私を襲った。私は自分の人生の最上の時期を、このような惨めな束縛の中で……過ごさねばならないのか？（ロウーヘッドにて、自伝的断片、一八三六年八月一一日）

二つの世界を生きねばならぬことは、今のシャーロットを憔悴《しょうすい》させた。このころ彼女は、自分の中にある罪深いアングリアの夢想、その夢想の相棒だったブランウェルへの強い愛着、そして成熟した女としての性的挫折感などを自責せずにいられず、宗教的な憂鬱《ゆううつ》に陥っていった。このような行き場のない状況の中で、「惨めな束縛」を打ち破り、しかも自立を達成するには、ただ一つしか道はなかった――夢想を書いて収入を得ること。それしかなかった。

ブランウェルの挫折

他方ブランウェルは、シャーロットとエミリがロウーヘッドに出発してから三カ月後に、絵画の才能を伸ばそうとロンドンに出発した――ロイヤル－アカデミーに画学生として入学すべく、一家の期待を一身に担《にな》い、たくさんの紹介状をポケットに入れて。一八歳の彼は、父や伯母の溺愛を受け、村では神童ともてはやされて育ってきた。気が弱いくせに自信過剰で、学校生活の経験もほとんどなかった。彼はおそらく首都の美術館で衝撃的な劣等感にうちのめされたのであろう。入学手続きもとらずに、所持金を使い果たし、数日後にはむなしく帰郷した。

ブランウェルは、それでも名声への憧れを捨てず、今度は文筆をもって立とうと考えた。彼は何度となく、「ブラックウッズ－マガジン」の編集長にヒステリックな手紙を書き送った。だが、何の返事もなかった。次に彼は、英国随一の名声をもつ詩人ワーズワスに、自分の詩の見本を添《そ》えて手紙を書いた。これもまた梨の礫《つぶ》てだった。

「文学は女性の仕事にあらず」

シャーロットがブランウェルの無鉄砲な試みを知っていたかどうか、わからない。いずれにせよ、彼女自身が弟より少し前に、弟とまったく同じ行動に出ていたことは不思議に思われる。彼女は一八三六年一二月のクリスマス休暇に、時の桂冠詩人サウジーに手紙を書いて、自分の詩について意見をきこうとした。サウジーが三カ月後にくれた返事だけが、今も残っている。それは温情に富む手紙ではあったが、男性と女性の本分を限定して考える当時の慣習的な常識をあらわしていた。まず、シャーロットには詩の才能があることを認めた上で「文学は女性の一生の仕事になり得ませんし、またそうなるべきではないのです。女性が女性にふさわしい務めにつけばつくほど、文学のための余暇は、たしなみや気晴らしとしてでも、少なくなるでしょう」という文面であった。

シャーロットは、サウジーのような名士から誠実な返事をもらったことに感激して、早速《さっそく》礼状を書いた。その中で彼女は、名声のために詩を書くことはやめ、女性の果たすべき義務をすべて注意深く守ることを誓った。

彼女は彼の手紙を大事にしまい、その上に、「サウジーの忠告を永久に守ること。私の二一歳の誕生日。一八三七年四月二一日。」と書きさえした。

だが、文筆によって名声を得たいという野心を消し去ることは、到底できなかった。彼女はその後一八四〇年夏ごろには、ハートリ＝コウルリッジにも、自作の物語を添えて手紙を書いた。結果的にシャーロットは、ついにサウジーの忠告を守らなかったのである。

教師をやめる

ロウヘッドにおける連日の厳しい労働は、シャーロットの心身の健康を蝕《むしば》んでいった。だが彼女は、自分のことよりもアンの咳と苦しい息遣《づか》いに気づいたとき、死んだ姉たち――マリアとエリザベス――のことを思い出し、大いに心配した。彼女はウラー女史の無関心を激しく責め、結局アンは一八三七年一二月に退学して帰郷することになった。

一八三八年夏、ウラー女史は、広々とした爽やかなロウヘッドから、二、三マイル離れた低地デューズベリームアに学校を移した。ここはハワースから二五キロほど南東にあった。ロウヘッドほど健康的ではない立地条件をシャーロットは苦にしたが、結局彼女はこのあと一人で約半年間頑《がん》張《ば》った。ブランウェルの将来の見通しはまったく不明だったし、その上タビーの病気が家計に響いていた。彼女が頑張る以外になかったのである。彼女は教職の重荷に黙って耐え、単調な生活に明け暮れしているうちにますます体調を崩し、すぐに気分が悪くなって震えたり、驚くと叫び声を押さえられなくなった。一八三八年末、シャーロットは医者の勧めでついに職を辞した。

エミリはロウーヘッドから戻って以来二年間、シャーロットとアンの不在中、ブランウェルとかつてないほど親しみを深めていった。二人とも、いわば外の世界での失敗者として心を交わし合ったのである。

エミリの内的思索

エミリは台所でじゃがいもの皮をむき、パンを焼き、料理をしながら、自己流のやり方でドイツ語やフランス語の勉強に熱中した。荒野を散策し、ゴンダルに没頭し、ブランウェルと、互いの幻想物語の進み具合を話し合った。

このころ、エミリは盛んに詩を書いた。ゴンダルのための詩が大部分だが、それらも、彼女の思索や個人的感情の表現として読めるものである。父と伯母が寝たあと、ブランウェルは居酒屋に出かけ、エミリは一人で窓から夜空を眺めながら、詩を書き綴《つづ》った。彼女には、シャーロットやブランウェルのように、有名詩人に自分の作品を送って助言を得、世に出ようという気はまったくなかった。詩は、彼女にとって、自分自身の心の支え以外の何ものでもなかったのである。

高く波うつヘザーは　嵐のような突風に折れ曲がる
真夜中と　月光と　燦《きら》めく星くず
暗闇と栄光は　喜々として溶けあい
大地は天に上り　天は下り
人間の霊魂は　わびしい牢獄から解き放たれて

足枷《かせ》をくだき　牢格子を折る。

（第五番）

一八三六年一二月作のこの詩は、エミリが一八歳の時に書かれた初期の作品でありながら、荒野の詩人としての彼女の神秘主義的傾向を早くも示し、『嵐が丘』や後年の詩の予兆をはらんでいる。

エミリの教職

しかしエミリも、超然としているわけにはいかなかった。一家の窮状やシャーロットの奮闘を見るにつけて、家事やパン作りだけしている自分の不甲斐《ふがい》なさを情なく思ったのであろう。一八三八年九月、彼女はハリファックスの近くのロー＝ヒルにあるパチェット姉妹の経営する学校の広告に応募して、そこの助教師になった。約四〇名の生徒を擁《よう》する大きな学校で、朝六時から夜一一時まで重労働が続き、一日に三〇分の運動時間が許されているだけだった。「これは奴隷状態です。エミリは到底我慢できないでしょう」（一八三八年一〇月二日）と、シャーロットは心を痛めつつエレンに書き送った。エミリは予想通りたちまち憔悴《しょうすい》し、六カ月後には退職して帰郷した。

エミリにとって生涯一度の教師体験は、残酷なまでに悲惨なものだったが、ただ一つ大きな収穫を彼女に残した。彼女はその期間に、『嵐が丘』のヒースクリフにヒントを与えたと思われる、復讐心の強い残酷な男ジャック＝シャープの実話を近隣で聞いたのである。

第三章　苦難の青春

一二　家庭教師地獄

将来のプラン

クリスマス休暇に姉妹が家に集まると、話題は当然一家の生計のことに及んだ。父ブロンテ師の牧師の俸給は、年俸二〇〇ポンドにすぎず、しかも彼は寛大すぎるほどの慈善家であった。伯母の貯金や五〇ポンドの年金も当てにするわけにいかなかった。家にいるとき、彼女らはいつも夜伯母と共に縫い物をし、九時に伯母が床についたあとは、たいてい倹約のために蠟燭《ろうそく》を消した。そして暖炉の明りの中で、室内を歩き回りながら、現在の状況と将来の計画を語り合うのが習慣だった。後年、彼女らが本格的に作家を目ざすようになってからは、このようにしてそれぞれの小説のプロットを論じ合ったのである。

このころ、ブランウェルは肖像画家として自立するという前宣伝も華々しく、ブラッドフォードにアトリエを持ったが、これもまた失敗に終わった。

姉妹の今までの経験によると、シャーロットもエミリも、学校教師の辛さは身に沁《し》みていた。彼女らの知識や経歴からすると、家庭教師しか選択の道はなかった。ブランウェルの自立の雲行きが怪しいとなると、彼女らのうち誰かが早急に職について、父の負担を少しでも減らさねばならない。

家庭教師の悲惨

ところでヴィクトリア朝の住み込み家庭教師ほど悲惨な職業はなかった。当時イギリスでは独身女性の数が著しく多かった――男女の死亡率の相違、海外に移住する男女の人数の相違、中産階級の男性の晩婚傾向など、いろいろな原因によって。

次のような女性が何十万人といる。いろいろな階層に散らばっているが、相対的にミドルおよびアッパークラスにもっとも多い。どういう女性かというと、男性が稼いだ金を使ったり節約したりする代わりに、自ら生計の資を稼がねばならない女性、妻や母親としての天性の義務や仕事を持たず、不自然で苦労の多い職業を自ら切り開かねばならない女性、他の人々の生活を満足させ、心地よくし、潤《うるお》いを与える代わりに、自分だけの不完全な独立した生活を送ることを余儀なくされた、そういう女性である……。（W＝R＝グレッグ、「なぜ女は過剰か？」「ナショナル＝レヴュー」一八六二年四月）

これらの女性に伝統的に開かれていた職業が、住み込み家庭教師だった。教育のある中産階級の女性がレディたる誇りをかろうじて失わず、労働者階級の権利も侵害することなしに、何かせねばならぬとなれば、貧弱な給料の家庭教師職に希望者が殺到した理由もわかろうというものだ。ガヴァネス互助協会が一八四一年設立されたときには、すでにその労働市場は供給過剰になっていた。一八五一年に二五、〇〇〇人に達したその数は、その後もますます増大しそうだった。職を求める人数が多ければ多いほど、その待遇はひどくなった。家庭を職場とする半ば私的なこの職は、時には家事使用人よりも低い給料、いつクビになるかわからぬ不安定さなど、悲惨な状態にあった。

以前交通の不便なころは、貴族や上流階級が子どもの教育のために住み込み家庭教師を雇っていたが、一九世紀には中産階級までが雇うようになった。その原因としては、女子の学校が少なく、その施設が不十分だったことのほかに、社会風潮が大きく影響していたのだ。

女性をめぐる社会風潮

当時の中産階級の女性は、一般に何の仕事もしない装飾的存在であることを理想とし、女性の有給労働は不幸で恥ずべきことだと考えられていた。中産家庭の主婦は家事を召使にやらせ、子どもの教育まで家庭教師にまかせてしまい、自ら何の仕事ももたぬ有閑階級となることで、お上品気取りに酔ったのである。多くの場合、このような雇主には理解がなかった。住み込み家庭教師への要求は、わがままな子どもに勉強を教えることだけでなく、その生活全般の監督、時には縫い物や赤ん坊のお守りにまで及んだ。中産階級出身の家庭教師は、同じ中産階級の雇主に仕えねばならぬことを屈辱《くつじょく》と感じるのみならず、中途半端な立場上、家事使用人からは白眼視されることが多く、孤立無援の存在だった。

アンの門出

ブロンテ姉妹は、住み込み家庭教師の悲惨な状況を知らなかったわけではない。しかしほかに道がないとすれば、それに耐えねばならなかった。真っ先に家庭教師の重荷を担う決意をしたのが一九歳の末娘アンだったことは、驚くべきことである。

一八三九年四月、アンは、自らの希望でだれにも付き添われないでハワースを発《た》った。ハワースから二四キロ、マーフィールドにある宏壮な邸宅ブレイク‐ホールのインガム家だった。かつて学んだロウ‐ヘッド校の近くであることに、アンは一種の安心を感じていた。彼女は五人の子どものうち上の二人——六歳の男の子と四歳の女の子——をまかされ、年俸二五ポンドという待遇だった。温和で辛抱強いアンは、姉妹の中でもっともこの職業に向いていると思われた。しかし彼女は、極端に甘やかされたインガム家のいたずらっ子たちにいかなる罰を与える権限も持っていなかった。この家でアンがいかに悪戦苦闘したかは、後年の彼女の処女小説『アグネス＝グレイ』（一八四七）でリアルに示された家庭教師のヒロイン、アグネスの苦労から推察される。さすがのアンも、ここの勤めは八カ月余しか続かなかった。

シャーロット家庭教師に

その間にシャーロットも、彼女にとって最初の家庭教師職に挑戦した。アンの出発後、翌五月であった。ロザーズデイル、ストーンガップのシジウィック家である。シジウィック氏は富裕な紡績工場主で、ストーンガップと呼ばれるその邸宅は、ロザーズデイル川の谷を見下ろす谷の斜面の快適な建物だった。しかしもともと子ども嫌いのシャーロットは、どうしても新しい環境に馴染めなかった。シジウィック夫人は、早朝から夜遅くまで、六歳の女の子と四歳の男の子の子守りばかりか、山のような縫い物をシャーロットに課したのである。

私のように引っ込み思案の人間が、くじゃくのように高慢でユダヤ人のように裕福な大家族の中へ、彼らがとりわけ陽気なとき、家中がお客で満員のときに、いきなり投げ込まれた惨めさを、どうぞご想像ください。しかもそのお客というのは、私が一度も顔を見たこともない人ばかりなのです。この状態で私は、わがままで甘やかされた乱暴な子どもたちをまかされ、彼らを教えるだけでなく絶えず楽しませることも期待されています。……時々、私は憂鬱になり……驚いたことに、そのことで夫人から信じられないほど厳しく荒い言葉で責められて、馬鹿みたいにひどく泣きました。泣かずにいられなかったのです。（エレンへ、一八三九年六月三〇日）

結局シャーロットは、わずか二カ月で辞職に追いこまれた。彼女がこの二カ月間に受けた消しがたい屈辱的疎外感《そがい》は、大部分は彼女自身の頑《かたく》なな非社交性と孤独癖に由来するように思われる。しかし主観的傾向の著しいシャーロットにとって、ここでの不幸な心情体験は拡大されて、のちにソーンフィールド邸で来客から馬鹿にされるジェイン＝エアや、『シャーリー』（一八四九）のプライア夫人の悲惨な体験に反映されることになった。シジウィック家の少年が、ある時シャーロットに聖書を投げつけたことがあった。この邸宅がゲイツヘッド館のモデルとされていることも考え合わせれば、ジョン＝リードがジェインに対して振う暴力の場面の原型はここにあるであろう。シャーロットは一家と共にスワークリフ保養地で夏を過ごした折、リポン近くのノートン＝コンヤーズ邸を訪れた。ここは、昔狂女が監禁されていたという伝説のある三階の屋根裏部屋をはじめ、全体の感じが、ロチェスターのソーンフィールド邸の内部を彼女に示唆したと考えられている。

シャーロット二度目の家庭教師に

シャーロットはシジウィック家での体験から、自分が個人の家庭の住み込み家庭教師としては不適格であることを、嫌というほど知った。それにもかかわらず彼女は、二年後には第二の勤め先に赴《おもむ》いた。それはブラッドフォード近郊、ロードンのアッパーウッド＝ハウスのホワイト家だった。ここではシジウィック家よりはるかに暖かい思いやりを受けた。とはいえ、シャーロットの年給は二〇ポンドにすぎず、そこから洗濯代が差し引かれて手取りはわずか一六ポンドという、女中の給料とほとんど変わらぬものだった。子守りと縫い物に明け暮れる一〇カ月間、彼女はしばしば激しいホームシックに苦しんだ。

二度の家庭教師生活のいずれにおいても、シャーロットは雇い先の夫人を厳しい目で見る半面、主人の方を敬愛する傾向にあった。これは、子供のころから彼女が、姉妹よりも弟のブランウェルに強い愛着を感じていたことと一致する。

男女の給料差

　アンがインガム家の家庭教師を辞したあと、翌一八四〇年一月に、ブランウェルはブロートン-イン-ファーネスのポッスルスウェイト家の家庭教師として赴任したが、わずか五カ月で解雇された。続いて彼はサワビー-ブリッジ駅の駅員になり、一八四一年四月には、ラデンデン-フット駅の駅長になった。当時は近隣の大都市マンチェスターからリーズまでの鉄道が敷設されて人々の興奮の的になり、鉄道時代の到来が感じられたころだった。この仕事は住み込み家庭教師としての姉妹の労働に比べればずっと楽だったにもかかわらず、そして彼の勤務ぶりは几帳面なシャーロットやアンとは対照的であったにもかかわらず、彼の年俸は一三〇ポンド――シャーロットの血と汗の結晶である給料の六倍以上――だった。何故か？――答は簡単だ。ブランウェルが男で、シャーロットは女であったからである。

　アンは、シャーロットがホワイト家に勤めるのとほぼ同時期に、ソープ-グリーン-ホールのロビンソン家の家庭教師になった。この時から四年間、アンの筆舌に尽くし難い苦難が始まることになる。

　シャーロットの心中に、労多くして功の極めて少ない家庭教師を続けるよりも、自分たち自身の学校を設立したいという考えが抑えようもなく強まっていった。

一三 結婚か自立か

シャーロットへの結婚申し込み

シャーロットが最初の勤務先ストーンガップに赴任する少し前のこと。一八三九年二月に、エレンの兄ヘンリ＝ナッシー師から思いがけない求婚の手紙が来た。ナッシー家は、ハワースから東南二七キロのところにあるライディングズという邸に住んでおり、シャーロットはロウ＝ヘッドの学校を去って二カ月後に初めて訪問して以来、何回かここを訪れてヘンリとは顔見知りだった。またナッシー家が一八三七年にブルックロイドに移ってからも彼と会う機会があった。ヘンリは牧師で、彼の性格には『ジェイン＝エア』のセント＝ジョンの性格に多少似たところがあった。シャーロットがこの手紙を受け取ったのは、彼女がウラー女史の学校での教師生活の結果、過労から病気に倒れ帰郷していたときだったから、もしこの求婚を受け入れれば、のどから手が出るほど欲しかった経済的安定を労せずして得ることができたであろう。それまた当時の社会で、「はんぱもの」と見なされていたオールド＝ミスにならずにすむであろう。それにエレンとの絆《きずな》も、より緊密なものになるに違いない。

だがシャーロットは、この最初の結婚の申し込みを、次のような理由で断った。

私はこのことを決めるのに、好みよりも良心の命令に耳を傾けました。……私は自分が、あなたのような男の方を幸せにすると思われる気質の持ち主ではない、と確信いたします。……あなたの奥様としてふさわしい女性は……あまり目立つ、熱烈な、独創的な性格ではなく、温和な気質、本物の敬虔さ、むらのない快活な気分の持ち主であり、その容姿の魅力があなたの目を楽しませ、あなたの正当な自尊心を満足させる人であるべきです。私のことを、あなたはご存じないのです。私は、あなたが考えていらっしゃるような、真面目で重々しい冷静な人間ではありません。あなたは私をお知りになれば、私をロマンティックで風変わりな人間とお考えになるでしょう。こう申し上げると、皮肉屋で厳しいやつだとおっしゃることでしょう。しかし私は、うそをつくことを軽蔑します。そして結婚の幸せを得て、オールドーミスの汚名から逃れるために、私が幸せにしてあげることができぬとわかっている、りっぱな男性と結婚することは決していたしません。（ヘンリへ、一八三九年三月五日）

私は彼を尊敬し、彼に好意を持っています。しかし彼のためなら喜んで死んでもいい、という強烈な愛着は持ちませんでしたし、また持つこともできませんでした。もしも私が結婚するとすれば、そのような敬慕の気持ちで夫を見るのでなければなりません。こんなチャンスは十中八九、二度とないでしょう。それでも構いません。（エレンへ、一八三九年三月一二日）

アングリアの幻想世界において女の情熱を次々に書き続けていたシャーロットには、純粋なロマンティックーラヴへの激しい希求と、情熱の欠如した結婚に対する厳しい拒否反応があったのだ。そして彼女には、驚くほど正確な自他への認識があった。シャーロットはヘンリを拒絶して辛い家庭教師の職を敢《あ》えて選んだが、ジェイン＝エアもまた、状況こそ違え、牧師夫人になることを求めるセント＝ジョンの求婚を拒否するのである。

第二の求婚者

ナッシーの求婚を断ってから五カ月後。シャーロットが、家庭教師の第二の就職先を探しているころだった。父の所に来た客が、たまたま、ダブリン大学を出たての若いアイルランド人の牧師補デイヴィッド＝ブライスという青年を伴って来た。彼女は自宅では寛《くつろ》ぐことができるたちなので彼と気楽に会話を交わしたが、三日後届いた手紙には、彼からの突然の結婚申し込みが書かれていて、彼女を大笑いさせた。

シャーロットへの二つの求婚は、彼女が求めていた結婚——心情の真の親和性に基づく結婚——とは全然異種のものだった。二三歳も半ばを過ぎたシャーロットは、苦い気持ちで、オールドーミスになるべき自分の運命を受け入れ、懸命に働き続けようとしていた。

一四　アンの初恋

ウェイトマン牧師補

一八三九年八月、アンがインガム家に勤めている間に、ウィリアム＝ウェイトマンという青年が、ブロンテ師の牧師補としてハワースにやって来た。彼はダーラム大学で神学を学んだ二五歳のハンサムな好青年であった。性格は、快活で気軽で人好きのする社交的なタイプだった。ハワースの村中の娘たちは彼を迎えて大騒ぎし、彼の方も浮き名を流すことがまんざらでもない様子だった。

シャーロットはエレンと共に、ウェイトマンを、その女性的な美貌のため「シーリア＝アメリア嬢」などと渾名《あだな》で呼んだりして面白がっていたが、彼はその善良な人柄と真面目な勤務ぶりでブロンテ師の信任も厚かった。ブランウェルはウェイトマンといっしょにたびたび荒野を散歩しては心の悩みを打ち明けていたらしく、内向的なエミリでさえも、彼の前に出ると気持ちがほぐれる様子だった。

アンは、ウェイトマンの在任中、家庭教師としての勤めのため不在が多かったから、二人がハワースで顔を合わせた期間はごく短いと推察される。だが、それにもかかわらず、ウェイトマンの存在は、アンには欠けているその潑剌《はつらつ》たる活気のゆえに、彼女の心に強く訴えたようである。二〇歳になったばかりのアンの秘かな想いに彼が気づいたか気づかなかったか、定かではないし、二人の親しい交わりを推察させる証拠も何もない。

アンの悲恋　しかし、アンの詩の一篇には、彼へのものと思われる切ない気持ちが暗示されている。そして小説『アグネス＝グレイ』には、家庭教師のヒロイン、アグネスが、牧師ウェストンを敬愛し、彼と幸せな結婚をする結末に、詩よりももっとはっきりと、彼女の願望が投影されているようだ。

だが、一八四二年九月、アンが第二の勤め先で家庭教師をしている間に、ウェイトマンはコレラのために二八歳の若さであっけなく死んでしまった。

アンの初恋は、おそらく表白の機会もないままに、生涯一度の悲恋の思い出として、彼女の心の底深く沈潜していった。

一五　学校開設の夢

自分たちの学校　一八四一年ごろから、シャーロットは、家庭を離れて姉妹で別々に暮らすことの辛さ空《むな》しさを痛感し、住み込み家庭教師という仕事への自らの適性を疑いはじめてもいた。老いた父や素行の定まらぬ弟を見守るためにも、ハワースで自分たち自身の小さな寄宿学校を開いてはどうであろうか。当時は、女性の経営する少女のための小さな私塾が多かった。

ホワイト家で家庭教師の仕事に追われながら、シャーロットは熱烈な性急さでこの計画の可能性を探っていた。友人に手紙を書いて情報を集め、伯母から資金を借りることができるかどうかも考えていた。アンはロビンソン家で激しく働き、ブランウェルはラデンデン＝フット駅に、そしてエミリはハワースにいた。エミリはロー＝ヒル校での教師をやめて以来、家に留まってふたたび家事に励み、一人荒野と交流することに満足していたが、しかしこの計画にはあわてず騒がず賛意を表した。

シャーロットの憂慮と実際的なあわただしい努力に比べ、エミリの平静さと楽天性は際立っていて、それは一八四一年七月三〇日の日記の文面に明らかである。エミリとアンは四年ごとに日記を書き、四年後のエミリかアンの誕生日に開いて読み返すことを約束していた。エミリによる断片は、こうである。

今、私たち自身の学校を設立しようという計画が動いている。まだ何も決まっていないが、それが進行して、うまくいき、私たちの最高の期待に応えてくれることを、私は望み、信じている。四年後の今日、私たちは今のような状態をだらだら続けているだろうか、それとも心から満足がいくようにチャンとしているだろうか。時間がたてばわかるだろう。

そしてエミリは、この日記の後半では、四年後に万事がうまく進行している幸せな休日を想像する。

そしてあいかわらずゴンダル人の動静を記し、遠くで苦労しているアンに「勇気を、勇気を」と呼びかけてペンを置いている。同じ日にアンが、勤め先の家族と共に滞在中のスカーバラ海岸で書いた日記の一部を、比較のために引用しよう。

私たちは自分たちの学校を設立することを考えているが、それについてはまだ何もはっきりとは決まっていないし、できるかどうかもわからない。できることを望む。今から四年後の今日、私たちの状況はどうなっているのだろう、また私たちはどこでどうしているのだろう。……次の四年間は何を生み出すだろう。神さまだけがご存じだ。私たち自身はあの時（四年前）からほとんど変わっていない。私は、あの時と同じ欠点を持っている。ただ知恵と経験は増したが、冷静さはあの時よりほんのちょっぴり増えただけだ。私たちがこの日誌とエミリが書いた日誌を開く時は、どんな風だろうか。ゴンダル人たちはあいかわらず繁栄しているかしら、彼らの状況はどうなるのかしら。私は今、ソラ＝ヴァーノンの生涯の第四巻を書いている。……

アンの方が懐疑《かいぎ》的であることが見てとれる。右の文面からも明らかなように、二人はそれぞれ盛んにゴンダルの夢を書き続けていた。
学校開設計画は思うように進まず、シャーロットは、ホワイト家からの助言に従うことにした。つまりヨークシャーには多くの私塾があるから、ハワースのような片田舎に生徒を集めることは難しいだろう。少しでも有利な条件を備えるためには、いったん開設計画を中止して、ヨーロッパ大陸に留学し、外国語やその他の勉強によって資格をつけることが先決だ、というのである。

ちょうど、友人メアリ＝テイラーと妹のマーサが、ベルギーの首都ブリュッセルに留学中だった。彼女からの勧めもあり、伯母から資金を借りることに成功して、シャーロットはエミリ同伴で、ブリュッセルに留学することに決めた。一般の女性にとって国内の旅行さえままならぬ当時、根気よく調査と説得を繰り返してこの企《くわだ》てを実現させた、シャーロットの勇気と実行力は、驚くべきものであった。

一六　ブランウェルの堕落

ブランウェルふたたび家庭教師に　ブランウェルは、画家・文人になる夢もはかなく破れたのち、ラデンデン‐フット駅の駅長をしていたが、酒に溺《おぼ》れ、職務怠慢の故をもって、一八四二年四月、免職になった。

優しいアンは、何とかしてこの兄を自分の助力で立ち直らせたいと願った。彼女は前年の三月（一八四〇年五月という説もある）以来、第二の勤め先ソープ‐グリーン‐ホールのロビンソン家において、年俸五〇ポンドで家庭教師をしていた。彼女は四人の子どものうち、上の三人の女の子の面倒を見ていた。そこで彼女は、末の男の子エドマンドの家庭教師として、兄を推薦しようと思い立ったのである。その希望は実現し、一八四三年一月、彼女はブランウェルをソープ-グリーン-ホールへ連れて行ったが、このアンの善意がやがて恐ろしい破局を生むことになるとは、神ならぬ彼女は知るよしもなかった。

雇い主のエドマンド＝ロビンソン氏は聖職者であり、美しく社交的な夫人は愛想が良く、待遇も悪くはなかった。仕事はきつくても、アンは一家と共に夏は海岸保養地スカーバラで上流社交界をかいま見ることができ、生まれて初めて見る海の壮大さに感動する経験も持った。家庭教師としてのアンの評判は上々だったし、ブランウェルさえ、初めのうちは夫妻の満足を得ていたのである。

ブランウェルの自画像
23歳頃

不倫の恋

だがやがてブランウェルは、こともあろうに一七歳も年上のロビンソン夫人への恋にとりつかれ、相手もそれに応じる気持ちを持っていると思いこんだらしい。二人の情事について具体的な真相はよくわからないが、一八四五年七月に、彼はロビンソン氏を激怒させ、解雇された。さらに一八四六年五月に同氏が死んだことから、事態は余計に紛糾した。夫人は時々ブランウェルに送金しており、彼は、夫人が、夫の死後彼との結婚を考えている、と思いこんでいた。子どものころから父や伯母の溺愛を受け、幻想に溺れていた彼は、姉妹のように現実界の厳しさに鍛《きた》えられることもなく、願望と現実との違いを直視することができなかったのだ。

アンは、ブランウェルが解雇される一カ月前に、ロビンソン家を自ら辞した。彼女がどの程度、ブランウェルの——あるいはもしかしたら夫人の——異常な気持ちや言動を知っていたかはわからない。しかし、道徳的で敬虔な彼女がひどく苦しんだであろうことは想像できるし、国教会牧師であるブロンテ師にとっても、また生真面目な一家にとっても、この事件が甚だしいショックを与えたことはいうまでもなかった。

いずれにせよ、敗残の身を故郷に曝《さら》したブランウェルは、最後までロビンソン夫人を狂ったように恋い慕《した》いつつ、酒と阿片《あへん》の影響下に荒廃の人生を送ることになるのである。

アンの苦悩

兄の不倫の恋をめぐるアンの深い苦悩は、後日、すぐれた作品に結晶した。彼女の第二作目の小説『ワイルドフェル-ホールの住人』(一八四八)には、アルコールや阿片に溺れる男性人物として、女主人公ヘレンの夫アーサー＝ハンティンドンのほかに、彼の友人のロウバラ卿も登場する。そして、中心人物のヘレンは幼時に母を失い、伯母に預けられて育てられるが、彼女の父も大酒飲みだったことが後日判明する。夫の飲酒と放蕩《ほうとう》に苦しみ、息子の教育のために夫のもとを離れて身を隠した彼女は、やがて夫が病床にあることを知って彼のもとに戻り、彼が最期を迎えるまで献身的に看病する。夫の死後、ヘレンは彼女を愛するギルバート＝マーカムと結婚する。この敬虔で自己犠牲的、そして道徳的な苦難の女性に、アンの心情が託されていることは明らかである。

一七　ブリュッセル

メアリ＝テイラーはヨーロッパ大陸から、留学生活や旅行のわくわくするような情報をたびたびシャーロットに送り、彼女の激しい羨望《せんぼう》を掻き立てていた。

自己実現への野心

メアリからの手紙を読んだとき、私の胸は何とも言いようがない思いで一杯になりました。束縛ときちんとした仕事を我慢できない焦《じ》れったさ、翼――富が与えることのできる翼――を得たいという望み、見たり知ったり学んだりしたいとの執拗《しつよう》な渇望。心の中の何かが、しばらくの間身体中に広がるようでした。私はまだ能力を行使していない、という意識でいら立ち、悩みました。（エレンへ、一八四一年八月七日）

パパは多分、それは無謀で野心的な計画だと思うでしょう。しかし野心なしで世に身を立てた人があったでしょうか。私は私たち皆が成功するよう望んでいます。私たちには才能があると知っていますし、その才能を活用したいと願っています。（ブランウェル伯母へ、一八四一年九月二九日）

これらの手紙から、シャーロットは、単に学校設立のための資格をとるというだけではなく、今まで閉塞《へいそく》状態にあった自分たちの能力を解放し開発したいという、自己実現の熱望を抱いて旅立ったことがわかる。

ブリュッセルへの旅

留学先は二転三転して、結局ブリュッセルのイザベル通りにあるエジェ夫人の寄宿学校に決まった。

父やメアリ＝テイラーとその兄に伴われ、シャーロットとエミリは、敷設後間もない鉄道の旅に心踊らせて、リーズから一時間でロンドンに着いた。ロンドンの騒音や雑踏、外国語のような御者の言葉など、彼女らには何もかも新鮮な驚きだった。彼らは、父が知っているただ一つの宿、パタノスター街のチャプター＝コーヒー＝ハウスに数泊した。そしてすぐ裏のセント＝ポール大寺院の耳をろうするばかりの鐘の音に真夜中の夢を破られた。

絵画好きの一家の中でも特に美術の知識の深いシャーロットは、知的渇望を満たす第一歩として、ロンドン中の美術館と画廊を見て回ろうと躍起《やっき》になった。エミリは姉の意見を取り入れず、常に自分自身の意見を持っていた。

ロンドンの印象、そしてロンドンからブリュッセルまでの長い旅は、シャーロットの二度目の旅の経験と共に、後年、彼女の最初の小説『教授』の第七章と、最後の小説『ヴィレット』の第六章に、詳しく書かれることになった。

島国イギリスのへんぴな田舎から出てきた姉妹は、父がブリュッセルに一泊して帰国してしまったあと、見知らぬ不慣れな環境に不屈の意志をもって耐えた。

エジェ寄宿学校

エジェ寄宿学校は、冷静な遣《や》り手の女校長エジェ夫人によって経営されていた。寄宿生と通学生を合わせて九〇名近い生徒を擁する大きな学校で、その大半はベルギー人だった。二人は寸暇《すんか》を惜しんでひたすら学ぼうとした。勉強のとき以外は惨めなほど内気で、いつも二人寄り添っており、特にエミリはほとんど口をきかなかった。

エミリはその間一人で勤勉に忍耐強く勉強していたが、二〇歳を過ぎてから、私といっしょに大陸の学校に行った。彼女の苦悩と苦闘は同様に続き、その生一本で異教的なイギリス精神は、異国のローマーカトリック系の穏やかな詭《き》弁性に対する強い嫌悪のために、いっそう高められた。彼女はまたも気力を失いそうに思えたが、今度は決意だけで新たな力をふるい起こした。彼女は以前の失敗を、心の痛みと恥ずかしさの念をもって振り返り、打ち勝とうと決心したが、打ち勝つためには、大変な犠牲を払わねばならなかった。彼女は苦しみつつ獲得した知識を、はるかなイギリスの村に、古い牧師館に、そして荒れ果てたヨークシャーの丘に持ち帰るまでは、決して幸せとはいえなかった。（『嵐が丘、アグネス＝グレイ』一八五〇年版の中の「エリス＝ベル詩選集」にシャーロットが付した序文）

エジェ氏　59歳　1868年

エジェ氏の教育

女校長の年下の夫コンスタンタン＝エジェ氏は、当時三二歳。激しい気性と気高い品性、深い信仰心の持ち主であり、妻と共に、ブリュッセルでも優れた教育者として高名であった。彼は二人のイギリス娘の異常な性格と驚くべき才能にすぐ気づいた。

彼はエミリの天分を、シャーロットのそれよりも高く評価したらしい。彼によると、エミリの持つ論理性と論争の能力たるや、男でも並み外れたものであり、女には実に類《たぐい》まれなものだったが、頑固な意志ゆえにそれが損われていた。エジェ氏はエミリを、「彼女は男に——偉大な航海者に——なるべきだったのです」と評した。姉妹それぞれの性格をも、彼はよく把握《はあく》していた。エミリは利己的で気難しく、シャーロットは利己心がなくて、いつも妹を気遣っていた。

エジェ氏は、この二人に、他の外国人学生とは違う、新しい特別のやり方で、フランス語の個人指導を試みようとした。彼の提案する方法は、辞書や文法書を使用させず、フランスのロマン主義文学を主とする名作等の朗読を聞かせてそれを分析させたり、それから得た着想によって好きな題の作文を書かせるという、ユニークなものだった。つまり、耳と心をフル回転させて、フランス語の精神とリズムを把握させせようというのだ。エミリはこの提案に反対を唱えたが、シャーロットはこう答えた。「この方法が成功するかどうかはわからなくても、生徒である限り先生の忠告には従うつもりです」と。その結果、二人のフランス語はメキメキと進歩した。

師への思慕

一、二週間前、私は二六歳になりました。この年になって私は正真正銘の学生ですが、全体的には、その資格を非常に喜んでいます。権威を行使する代わりに権威に従うこと、命令する代わりにそれに従うことは、最初はとても変な感じがしましたが、私はそういう状態が好きです。長らく干し草を食べさせられていた牛が新鮮な草に戻ったのと同様の貪欲《どんよく》さで、私はそれに戻りました。私の比喩を笑わないでください。私にとって、服従するのが自然で、命令するのが不自然なのです。……国と宗教との違いが、私たちと他の人々との間を広く距《へだ》てていて、私たちは多くの人々の中で完全に孤立しています。それでも不幸だと思ったことはありません。現在の生活は、家庭教師の生活と比べると、とても楽しくて私の性分にピッタリです。……まだお話ししていない人が一人います。エジェ氏です。マダムのご主人です。彼は修辞学の先生で、強い精神の持ち主ですが、大変なかんしゃく持ちで、短気な気質の人です。彼は小さな色黒の醜男《ぶおとこ》で、顔の表情は始終変化します。時には狂った雄猫のよう、時には興奮したハイエナのようです。時たま、きわめて稀《まれ》に、彼はこれらの危険な魅力を投げ捨てて、温和で紳士的といってもよい様子をします。今彼は私にひどく腹を立てています。それというのも、私の訳した文が「ほとんど正確でない」と非難したくなるようなものだからです。……実は、数週間前に、彼は高望みをして、とても難しい英語の作品をフランス語に訳す場合に、辞書も文法書も使ってはいけないと命じました。このためにその課業はかなり骨が折れるものになり、私は時々英語を使わざるを得ませんが、彼はそれを見ると、頭から目を飛び出させそうな状態になります。

（エレンへ、一八四二年五月五日）

入学三カ月後のこの手紙には、すでにシャーロットが、エジェ氏の躍動する人物像と有能で特異な教師像に、強い関心を持っていることが表れているではないか。

強い自我をもつエミリには、この留学はさほど大きな影響を与えなかった。強《し》いて言えば、ドイツ語の勉強に読んだホフマンなどのドイツ－ロマン派の作品が、『嵐が丘』に間接的な影響を与えたということであろう。しかし、シャーロットにとっては、この留学は決定的な意味をもつことになった。エジェ氏への敬慕が次第に強い思慕に変わり、彼は父やブランウェルや、アングリアの英雄に代わる圧倒的な位置を、彼女の心の中に占めつつあったからである。

ともあれ、最初のブリュッセル滞在の九カ月間、――エミリはともかくとして――シャーロットは、幸せな時を過ごした。当時、メアリ＝テイラーの伯父がブリュッセルに滞在していたので、毎週の休日は、その家で歓迎され、別の学校に通うメアリやマーサと会って過ごすのだった。それ以外にも、親切なイギリス人の家族があったが、どちらの家でもエミリは最後まで打ち解けず、シャーロットは体が弱いために盲従的で丁重だったといわれる。

最初の滞在の終わり近く、不吉なことが起こった。ハワースでは九月にウェイトマンがコレラで死に、ブリュッセルでは一〇月半ばに快活なマーサ＝テイラーがやはりコレラで死んだ。二三歳だった。親しい友の異郷におけるこの悲しい死は、『シャーリー』の第九章と第二三章に、ジェシー＝ヨークの異国での死と埋葬の件《くだり》で追憶されている。

伯母の死

その悲しみも癒《い》えぬうちに、ブランウェル伯母が重態だという知らせが故郷から届いた。急ぎ出発しようとしているうちに、第二の手紙が届き、伯母の死が伝えられた。二人がアントワープから出航し、ようやく帰宅したときには、葬儀も何もかもが終わったあとだった。二〇年近く、妹の家族のために尽くしてくれたこの伯母は、倹約によって貯えていた財産を、一八三一年作成の遺言で姪たちに残した。彼女が可愛がっていたブランウェルは、男の子ゆえに将来の心配はないと判断され、記念の小箱をもらっただけだった。ブランウェルにとって、親友ウェイトマンの死と、母代わりだった伯母の死を、姉妹の留守中一人で見とったことは、過酷な経験だった。

伯母が姉妹一人ずつに残してくれた各三五〇ポンドは、彼女らを当座の労働から解放し、牧師館を改修して学校開設の基金とするに足る金額だった。ブロンテ師の年収に比べれば、それがかなりの額であることがわかるだろう。経済通のエミリは、姉妹の分をまとめて、ミッドランド鉄道株を買い、その管理をまかされることとなった。

シャーロットとエミリがブリュッセルから帰国するときに、エジェ氏は多忙の中にも時間を見つけて、ブロンテ師に弔慰の手紙を書いた。彼はその中で、一年間に著しい進歩を見せた姉妹二人、あるいはそのうち少なくとも一人を、もう一年ブリュッセルで勉強を続けさせるよう親切に勧めた。

前述のように、ブランウェルはアンと共にロビンソン家の家庭教師になって一八四三年一月に出発したから、シャーロットとしては、自分が残ってエミリをブリュッセルに送り出してもよいところだった。しかし、エミリは自ら家に留まることを望み、結局シャーロットが同じ一月、単身再びブリュッセルに向かったのである。

ブリュッセルふたたび　二度目のブリュッセル行きについて、シャーロットは、三年後にこのように書いた。

伯母の死後、私は良心に逆らい――当時止《や》むに止まれぬ衝動と思われるものに促《うなが》されて――、ブリュッセルに戻りました。その結果、私は自分の利己的な愚行ゆえに、二年間以上、幸福と心の平安とをまったく失うという罰を受けました。（エレンへ、一八四六年一〇月一四日）

伯母亡きあと、長姉として家を守り、老父に付き添わねばならぬという義務感に背《そむ》いて、再び海を渡ったシャーロット――その止むに止まれぬ衝動とは、一体何だったのであろう。

今回彼女は、エジェ寄宿学校の生徒としてではなく、英語の教師として赴任したのだが、二度目の滞在は、前回とは違い、不幸なものになった。その原因は、教職に対する彼女の自信のなさ、エミリや友人たちの不在などのほかに、もっとも重要なものとして、彼女の心中に募《つの》っていくエジェ氏に対する偶像崇拝的な情熱と、夫妻の態度の変化についての過敏な意識にあった。まず夫人が彼女に対して明らかに冷たくなっただけでなく、エジェ氏までが夫人の影響を受けて冷たくなりつつある、とシャーロットには感じられた。言語・宗派・風習を異にするこの異国で、「学校中でただ二人尊敬に価する人物」と彼女が考えていた夫妻との断絶は、耐え難いものだった。

特に、長い夏休み中、人けのない寄宿舎に残された彼女は、神経の緊張のあまり、毎日街をさまよい歩き、ある夕方サン＝ギュデュール教会に入りこみ、新教徒の身も顧《かえり》みず、「私は実際に告解を、ほんとうの告解をしたのです」（エミリへ、一八四三年九月二日）。『ヴィレット』第一五章に女主人公ルーシーの同様の行為として描き出されるこの告解の内容は明らかではないが、おそらく妻子のある男性、宗派を異にする外国人エジェ氏への想いの苦悩であろうと推定される。

エジェ夫人の態度はますます冷やかになり、シャーロットの孤独感は深まる一方だった。一二月、彼女はブリュッセルを去る最終的な決意を、夫妻に告げた。エジェ氏は、彼女がフランス語を教えるのに十分な学力を修得したことを証明するために、彼が教えている隣接の男子校アテネ＝ロワイヤル校の公印を捺《お》した免許状を彼女に与え、本を贈った。

ブリュッセルを発つ前、私はひどく苦しみました。私がどんなに長く生きようとも、エジェ先生との別れが私に与えた辛さを決して忘れることはないでしょう。常にあんなにも真実な、親切で無私のお友だちだった先生を悲しませることは、私をひどく悲しい気持ちにさせました。（エレンへ、一八四四年一月二三日）

シャーロットのラヴーレター

一八四四年一月、ついにシャーロットは惨めな気持ちでブリュッセルを発ち、故郷に帰ったが、いわゆる「ブリュッセル体験」はまだ終わらなかった。彼女のロマンティックで空想的な性向は、遠く離れれば離れるほど、エジェ氏の像を巨大なものに膨らませていったのだ。

帰国後シャーロットは、エジェ氏にフランス語の手紙をたびたび書き送った。そのうち四通が大英図書館に保存されているが、その文面は読むのも痛ましいほど、優れた師への憧憬《どうけい》に溢《あふ》れ、再び相見るときのためにフランス語を懸命に復習していることを知らせ、師からの一言の短信が半年間の心の支えになる、と訴えている。

来る日も来る日もお手紙を待ち、そして来る日も来る日も絶望が私を恐ろしい悲しみに投げ込みます。……そして熱望が私に取りつき、私は食欲を失い、眠ることもできず、ただ憔悴していくばかりなのです。（エジェ氏へ、一八四五年一一月一八日）

シャーロットの手紙に痛切な哀訴《あいそ》の調子が募るにつれて、彼からの返信は間遠になり、やがて完全に途絶えた。シャーロットの苦悩は絶望に変わり、「ブリュッセル体験」は彼女の心に感動と痛恨を終生残すものとなった。この痛切な体験は、一〇年後、不朽の名作『ヴィレット』に結晶して人々の心を打つことになる。

一八　暗い夏

エミリの日記

ハワース、一八四五年七月三〇日、木曜日。

私の誕生日――にわか雨、そよ風があり涼しい。私は今日二七歳になった。今朝アンと私は、四年前、私の二三回目の誕生日に私たちが書いたものを開いた。この日記は、もし何もかもが順調なら、三年後、一八四八年の――私の三〇回目の誕生日に開くつもりでいる。一八四一年の日記以来、次のようなことが起こった。私たちの学校の計画は放棄され、その代わりにシャーロットと私は、一八四二年二月八日にブリュッセルに行った。

ブランウェルは、ラデンデン-フットの勤めをやめた。シャーロットと私は、伯母さまが亡くなったので、一八四二年一一月八日にブリュッセルから帰って来た。

ブランウェルは、一八四三年一月に家庭教師になって、アンがまだ勤めているソープ-グリーンへ行った。

シャーロットは、同じ月にブリュッセルに戻り、一八四四年の元旦にまた帰ってきた。アンは、一八四五年六月、自分から進んでソープ・グリーンでの仕事をやめた。

アンと私は、二人だけで初めての長旅に出かけた。六月三〇日の月曜日に家を出て、ヨークで泊り、火曜の夕方にキースリーに戻り、そこで一泊して、水曜朝に歩いて帰宅した。お天気は崩れたけれど、ブラッドフォードでの二、三時間以外はとても楽しかった。そして旅行の間中、私たちはロナルド＝マカルギン、ヘンリ＝アンゴラ、ジュリエット＝アンガスティーナ、ロザベラ＝エズモールダン、エラ、そしてジュリアン＝エグリモント、キャサリン＝ナヴァール、コーディリア＝フィツァフノルドになり、教育宮殿から逃げだして、勝ち誇る共和派に現在激しく追われる王党派に加わろうとした。ゴンダル人たちは今まで通り栄えている。私は今第一戦争についての作品を書いている。アンもこのことについての記事とヘンリ＝ソフォナ著の本を書いている。……昨年の夏、学校の計画が勢い良く復活したことを私は書くべきだった。私たちは入学案内書を印刷し、知人みんなに私たちの計画を知らせる手紙を発送し、ささやかながらできるだけのことをした。しかし、結局駄目だった。今では私は学校など全然望んでいないし、私たちの誰一人それを熱望してなどいない。私たちは差し当たり必要なお金は十分持っているし、それが増える見込みもある。私たちは皆かなり健康だ。ただパパが眼の具合が悪く、またBも例外だが、彼は今後健康状態も素行も良くなるだろうと思う。自分のことについては、私は本当に満足している。以前ほど怠惰《たいだ》ではなく、まったく元気で、現在を最大限に活用すること、何もかも望み通りにすることはできないという不安な気持ちがあっても、未来を待ち望むことを学んだ。何にも仕事がなくても心を悩まさず、ただ皆が私と同じように苦しみがなく、落ち込みもしないでいてくれたら、住みやすい世の中になるだろう、と願うだけである。

このあとエミリは、老いたタビーが戻って来て元気でいること、そしてペットたちの消息を書いている。「私たちはフロッシー（アンのスパニエル犬）を飼い、タイガー（猫）を飼ったがいなくなってしまった。鷹のヒーローは、がちょうと共にどこかにやられ、きっと死んだのだ。……キーパーとフロッシーは元気で、四年前につかまえたカナリヤも元気。」彼女の日記は次の文面で終わる。

　私たちは今皆家にいる。しばらくはここにいると思う。ブランウェルは火曜日にリヴァプールに行き、一週間滞在する予定。タビーは以前と同じように、「じゃがいもむき」をやらせようと私にうるさく言っている。アンと私は、天気がよくて晴れていたら、黒すぐりを摘むべきだったのだ。私は今急いで折り畳《たた》みとアイロンがけをせねばならぬ。私は、せねばならぬ仕事がたくさんある。書き物もせねばならない。片付けるべき仕事が山ほどある。一八四八年七月三〇日まで、家中のものに幸せがありますように。またそれよりずっと先までも——これで終わる。

E＝J＝ブロンテ

エミリのこの文面には、当時のブロンテ家の暗い状況の影さえもない。――牧師館で学校を開く計画は、生徒が一人も集まらず、その上錯乱状態の若い男を抱えていては到底不可能であり、将来への不安は大きかった。盲目に近い父の眼病、ブランウェルの病気、シャーロットの焦慮と失意――それでもエミリは満足し、兄の更生への希望を捨てず、山のような家事を元気にこなし、パンをこねたり焼いたりしつつドイツ語の勉強を継続し、書き物にも熱中していた。ヨークへの旅も、町の印象などより、旅行中アンと共に続けたゴンダルの世界の方が彼女には大切だった。実はこの年、エミリも、アンも、エミリの誕生日である七月三〇日に前回の日記を開き損なったのだが、それはブランウェルが起こした騒ぎのためだった。それなのに――エミリのこの穏やかさと明るさは、どうだろう。

一八四五年夏

アンの日記

一八四五年七月三一日、木曜日。昨日はエミリの誕生日だった。私たちの一八四一年の日記を開くべき日だったが、間違ってその代わりに今日開いた。それが書かれた時以来、なんと多くのことが起こっただろう――楽しいこと、またそれどころではないことも。だが私はそのときソープ・グリーンにいたが、今はやっとそこから逃げ出してきたばかりだ。私はそのころもそこを去りたいと思っていた。そしてもしもあと四年留まらねばならぬことがわかっていたら、私はどんなに惨めになったことだろう。しかし私はあそこにいる間、人間性についてのとても不快な、夢にも思わぬ体験をした。ほかの者たちはもっと変わった。シャーロットはホワイト氏の所を去ってから、ブリュッセルに二度行き、二度ともそれぞれ一年近く滞在した。エミリもそこに行き、約一年間いた。ブランウェルはラデンデン‐フットを去ってからソープ‐グリーンで家庭教師をやり、ひどい苦難に遭《あ》って健康を損ねた。木曜日には彼はとても悪かったが、ジョン＝ブラウンと共にリヴァプールに行っている。そして今そこにいるだろう。私たちは彼がもっと元気になり、行いも良くなるだろうと思う。陰鬱な曇った雨模様の夕方だ。今まで、ひどく寒くて雨の多い夏だった。シャーロットは最近ダービシャーのハザセッジに行き、エレン＝ナッシーを三週間訪ねてきた。彼女は今食堂で座って縫い物をしている。エミリは、二階でアイロンがけをしている。私は食堂の炉の前で、足を炉格子にのせて揺り椅子に座っている。パパは居間にいる。タビーとマーサは台所にいると思う。キーパーとフロッシーはどこにいるかわからない。かわいいディックは鳥かごのなかで跳んでいる。この前の日記を書いたとき、私たちは学校を始めることを考えていたが、その計画は中止された。そしてずっと後になって、また取り上げられたが、生徒を集めることができなかったために、また駄目になった。シャーロットは別の仕事を得ることを考え、パリに行きたがっている。行くだろうか？　ところで、彼女はフロッシーを中に入れたので、彼は今ソファに寝そべっている。エミリはジュリアス皇帝の生涯を書いている。彼女はそのうち一部分を読んでくれたので、私は残りを聞きたくて仕方がない。彼女は詩も書いている。どんな詩かしら？　私は『ある個人の人生のこと』（のちの『アグネス＝グレイ』）の第三巻を書き始めた。もう完成しているといいのに、と思う。今日の午後、私はキースリーで染めたグレイの模様付き絹ドレスを作り始めた。どんな風に作ればいいのか？　Eと私はなすべき仕事が山ほどある。一体いつ私たちは賢明にそれを減らせるかしら？　早起きの習慣をつけたいと思う。うまくいくだろうか？　私たちは三年半前に始めた「ゴンダル年代記」をまだ完成していない。いつ完成するだろう？　ゴンダル人たちは今悲惨な状態にある。共和派は最高だが、王党派が完全に参ってしまったわけではない。若い君主たちは、弟妹らと共にまだ教育宮殿にいる。ユニーク‐ソサエティ号は、約半年前にゴールから帰るときに無人島で難破した。人々はまだそこにいるが、私たちはまだそんなに多くは彼らのことを書いていない。概してゴンダル人は第一級の活躍をしていない。彼らはよくなるだろうか？　一八四八年七月三〇日には、私たちは皆どんな風だろうか、どこでどんな状態だろうか。そのときに私たちが皆生きていたら、エミリはちょうど三〇歳になる。私は二九歳、シャーロットは三三歳、ブランウェルは三一歳。私たちはどんな変化を見たり経験したりしたことだろう。私たちはひどく変わっているだろうか？　そうでないようにと私は願う。少なくとも悪い方に変わることのないように。私としては、今よりも心が元気を失ったり、老《ふ》けこんだりしてはならない。できるだけ良くなることを願いながら、これで終わる。アン＝ブロンテ

エミリが「ゴンダル人は今まで通り栄えている」と書いたのに対して、アンは「ゴンダル人は悲惨な状態にある」「概して第一級の状態ではない」と書き、二人の立場と心境の違いを感じさせる。

ブランウェルの小火《ぼや》

ブランウェルは、昼間はうつらうつらとして夜は眠れないという日を過ごしていたが、ある夜震える手で蠟燭《ろうそく》をつけて、本を読もうとしたまま眠りこんだ。ベッドのカーテンに火が燃え移り、炎に囲まれたまま人事不省に陥っている彼をアンが見つけたが、アンの力では彼の重い身体を引っぱることさえできなかった。彼女は階段を駆け降りて、台所にいるエミリに急を告げた。エミリは静かに聞き終わると、あっという間にバケツに水を汲《く》み、駆け上がり、力強い腕にブランウェルを抱きかかえて床に投げ出し、燃えるカーテンを引きずり下ろして水を浴びせ、窓を開け放った。火は消え、エミリはただ一言「パパには言わないで」と言った。この小火《ぼや》事件は、のちに『ジェイン＝エア』の中で、ロチェスターのベッドが狂気の妻によって放火されたとき、ジェインが彼を救出するエピソードに再現された。

だが、パパは事の次第を知ってしまった。ほとんど眼が見えない彼は、その夜からこの息子を自分の部屋に寝かせることにし、日夜彼の怒号、「自殺してやるぞ」という脅迫や金の無心に耐えた。かつてブランウェルと一番仲の良かったシャーロットは、今や彼にひどく腹を立てていた。妻ある師への思慕の辛さを耐え抜いた自分に比べ、不倫の恋にのめりこみ、未練を断ち切れぬ弟のだらしなさには目を覆いたい気持ちだった。深夜泥酔して帰宅したブランウェルを、体格の良いエミリが優しく、しかも断乎《だんこ》と扱って寝かしつけるのと対照的に、シャーロットはほとんど彼に対して口もきかなかった。

シャーロットの詩作

シャーロットは、暗い、やり切れぬ思いで牧師の娘としての義務、日曜学校の教師の仕事を几帳面に果たしていた。そしてエジェ氏をめぐる苦悩を誰にも打ち明けず、詩作に取り組むことで乗り越えようとした。

愛されずして——私は愛し　嘆かれずして——私は嘆く
　悲しみを私は控え——望みを私は抑える
深く根づいた——この苦悶《くもん》は空《むな》しく
　欲望は　また至福への夢は　もっと空しい

わが愛はふたたび愛を目覚めさせることなく
　わが涙は溜まり　気づかずして落ちる
わが悲しみに苦しむ人はなく
　わがささやかな望みにほだされるものはない

…………

私の狂おしい悲しみは

私が身内にまだ力を秘めていると告げた
私の人生の道は　今まであまりにも狭かった
努力すれば　もっと広い道が開けるだろう

（「フランシス」）

このころ書いた詩の中でシャーロットが次々に歌ったのは、はるか海の彼方にいる男の心変わりへの嘆き、そしてそれを克服する道への模索であった。

第四章　作家への道

一九　詩集を出す

エミリの詩稿を発見

一八四五年一〇月、一つの転機が訪れた。シャーロットはある日、ふとしたことからエミリの机に彼女の詩稿を見つけ、何の気なしにそれを読んで、愕然《がくぜん》とした。それは力強い、素晴らしい作品だった。

　彼女は以前からエミリが詩を書いていることに気づいていたが、これほど見事な作品とは思ってもみなかった。彼女の心中に、この詩を出版したい、自分とアンの詩も合わせて出版したいという熱望が抑えようもなく強まってきた。シャーロットはかつて詩人サウジーから、「女性は文学を一生の仕事にすべきではない」という返事をもらい、その忠告を守ろうと一度は決意した。それでも彼女は、家事に明け暮れ、弟に怯え、目の見えぬ父に本を読んでやるのみの閉鎖的な日常を、時たまペンをとることで凌《しの》いできたのだった。今までの夢がすべて崩れつつあるとき、今こそ文筆で身を立て、世に出るための第一歩を踏み出すべきではなかろうか。

だがエミリの同意を得るのは、困難な仕事だった。心のうちを容易に人に見せない彼女は、シャーロットが無断で彼女の詩を読んだことに激しく怒っていた。だがアンは、おずおずと、自分の書き溜めた詩をシャーロットに見せた。数日間にわたるエミリへの説得ののち、ようやく三人の共同詩集を出版するという計画が固まると、今度は詩の選定が大変だった。結局、シャーロットの詩を一九篇、エミリとアンのは二一篇ずつを選び、小さな本にまとめることになった。

姉妹は、女性作家に向けられるであろう世の偏見を避けるため、今後それぞれの頭文字に基づく男性かと思われるようなペン-ネームを用いることに決めた。こうして一八四六年五月、ロンドンのエイロット-アンド-ジョーンズ社という小さな印刷会社から『カラ、エリス、アクトン＝ベル詩集』が刊行された。伯母の遺産から三一ポンド一〇シリングを拠出した自費出版だった。

『カラ、エリス、アクトン＝ベル詩集』

ところで彼女らがペン-ネームに用いた「ベル」という姓は、一八四五年五月、眼の悪いブロンテ師を助けるためにハワース教会に赴任したアイルランド出身の牧師補アーサー＝ベル＝ニコルズの名を借りたのである。詩集の出版から八年後に、この平凡で真面目一方の男がシャーロットの夫になるなどと、だれがこのとき夢想したであろうか。

シャーロットの一九篇の詩には、アングリアの中で歌われた古いものも混じっているが、しかしそれらにもすでに、後年出版される彼女の小説のヒロインの情熱と不屈の意志を予示するものがある——ちょうど前に引用した「フランシス」のように。姉妹は詩集の出版と同時進行で、それぞれ小説を書き進めていたが、シャーロットがこのころ書いていた小説『教授』のヒロインの名がフランシスであることは、偶然ではあるまい。この詩集におけるシャーロットは、アングリア以来、男に無視される女のテーマに強い関心を寄せている。

また「予感」「選択」「伝道者」などの詩には、それぞれ『ジェイン＝エア』の筋立ての一部を暗示するものが見てとれる。

エミリとアンの場合も、ゴンダル詩とそうでないものが混じっている。ただしいずれも詩の表題が改められているから、詩人たちの名前と同様、その内面世界も可能な限り隠されているといえよう。今日、エミリの代表作として高く評価される詩が、「囚人」「哲学者」「追憶」「想像力によせて」「老克己主義者」などの題を付してこの詩集に収録されている。「想像力によせて」は、詩人、そして『嵐が丘』の作者エリス＝ベルの想像力の本質を、力強く素朴に歌っている。

長い一日の　心労に倦《う》み
苦痛から苦痛に移る　この世の変化に疲れはて
こころも挫《くじ》けて　いまにも絶望に沈もうとするとき
おまえのやさしい声が　またわたしを呼び戻す——
おお　わたしの真の友よ　わたしはひとりぼっちではない

そのような口調で　おまえが話せるかぎり！

外なる世界は　こんなにも希望がなく
内なる世界を　わたしは二重に讃《たた》える
欺瞞《ぎまん》　憎悪　疑惑　冷たい疑念が
決して生じないおまえの世界
そこでは　おまえとわたしと自由とが
議論の余地のない主権をもつ

危険と　悲嘆と　暗黒が　ぐるりに
ひそんでいても　何のことがあろう
ただ　わたしたちが胸のうちに
冬の日を知らぬ　太陽が
無数に混じりあって放つ光線で　暖かく
明るく　穢《けが》れない空を　抱いてさえいれば……

（第一七四番）

エミリにとって、想像力は、現世や肉体という獄舎に囚われた魂を解き放つ力であり、風や嵐と相呼応する内なる世界のエッセンスであった。
アンの詩は、概して敬虔な抒情詩である。この詩集の最後に置かれた「動揺」と題する彼女の詩は、日が沈み、月も星も姿を消した暗闇の中でも、また現れる月に希望を託して終わっている。

そのとき　私の心に
暗く　よりわびしく　闇が降りた。
だが　あのかすかに洩《も》れ出る光は何――
いま一度　月が現れるのか？

やさしい空よ　あのしろがねの光を強め
この雲に去るよう命じたまえ。
そして月のやさしい聖なる光で
弱まりゆくわたしの心を甦《よみがえ》らせたまえ。

姉妹の祈るような期待をこめて出版された詩集の、その反響はどうだっただろうか。約二カ月後にようやく出た書評で、わずかに「エリス＝ベル」の詩の力強さが注目されたにすぎず、他はほとんど黙殺された。売れたのはたった二部ということだから、これまた学校開設計画に劣らぬ大失敗といえるであろう。

二〇　小説を書く

小説出版に向けて

詩集が出版される一カ月前に、シャーロットは同じエイロット－アンド－ジョーンズ社に、ベルきょうだいによる完成間近い三つの小説の自費によらぬ出版の可能性を打診している。同社からは、文学は専門外であるという理由で、丁重な断りの返事が来た。シャーロットは再度同社に他の出版社について問い合わせ、数社の宛先を教えてもらった。彼女らは勇躍して、『教授』『嵐が丘』『アグネス＝グレイ』の完成に全力を傾注した。

『教授』の先駆性

シャーロットは最初の小説『教授』で、あの「ブリュッセル体験」を書いた。しかし人物も出来事もできるだけ作り変え、彼女がまだ完全に脱却してはいないあの苦悩を、男性の語り手に語らせることにした。彼女は自分自身の言葉で、その話を語るだけの自信がまだなかったのであろう。

語り手であるウィリアム＝クリムズワースは、ブリュッセルで英語を教えるイギリス人教師である。物語は、彼が教鞭をとるブリュッセルの女学校で、内気な貧しい生徒フランシス＝アンリと出会い、二人の間に愛が徐々に芽生え、女校長の策略で仲を裂かれたのち、また二人が巡り合って結婚し、シャーロットの夢である彼ら自身の学校の設立と成功によって終わる。

クリムズワースとフランシスの師弟関係は、エジェ氏をめぐるシャーロットの願望を想像の中で成就させたものと言えるが、クリムズワースは、エジェ氏とは似ても似つかぬ人物になっている。彼は、怒りっぽいベルギー人の小男ではなく、禁欲的で勤勉なイギリス人の青年なのだ。自立のためブリュッセルに渡り、男子中学校と隣の女子寄宿学校とで教えている。彼が一時心惹かれた女校長のゾライード＝ロイター嬢は、冷酷で打算的な人物として、シャーロットのエジェ夫人に対する嫌悪をこめて描かれている。クリムズワースは、愚かで偽善的なベルギー人を軽蔑しているが、教室では有能な教師として成功を収める。この点で彼はシャーロット自身に似ている。この人物は男性の仮面をかぶっているが、実はその感受性は女性のものである。主人公＝語り手であるこの中心人物のあいまい性が、『教授』という小説の弱点になってしまった。

貧しく目立たぬ清楚な女生徒フランシス＝アンリにもまた、いうまでもないがシャーロット自身が託されている。彼女は物静かで内気だが、心の中には火のような情熱と向学心を抱いている。

クリムズワースは大学での教職を得、久しぶりにフランシスを訪ねるが、そのとき、彼女の書いた詩を見つける。

与えられた冠を受けるため、

私は師の膝下に低くひざまずいた。
その緑の葉は、こめかみごしに、
甘くまた荒々しい喜びの戦慄《せんりつ》を伝えた。

大望の高鳴る脈拍は、
身内のすべての血管に鳴り渡った。
同時に、ひそかな胸の傷口が、
破れて血潮《ちしお》をしたたらせた。

勝利の時は私には、
また鋭い悲しみの時でもあった。
一日後、私は海を越えて、
帰らぬ旅に出ねばならぬのだ。

（第二三章）

「教師と生徒」という題のこの詩には、首席の栄冠を得たジェインという名の生徒の喜びと、厳しく優しい師への別離の悲しみが歌われている。フランシスが、師クリムズワースへの想いをジェインという少女に託して書いたこの詩は、シャーロットがエジェ氏への思慕と罪の意識に苦しみながらブリュッセルで書いた詩稿に基づくと推定される。シャーロットは、現実の記録を創作の世界に持ち込んだ。しかも不倫の片想いというテーマを取り除いて、師弟相互の純愛の詩へと変えてしまったのである。

この詩のジェインに見られる二面性は、そのままフランシスの、そして作者シャーロットのそれであった——苦闘の結果勝利の栄冠を獲得し、一人雄々しく旅立って行く勇気と、師の愛や保護への切ないまでの願望がそれである。クリムズワースがフランシスに求婚し承諾を得た直後に、フランシスは「教職を続けたい」と言う。彼女は英国人学校でフランス語を教えているのだ。そして大学で三〇〇〇フランの年俸をもらうことになっているクリムズワースが、フランシスの休養の必要を説くと、彼女はこう答える。

「あなたずい分お金持ちね」そして私の胸の中で、落ちつかなげに身じろぎした。「三〇〇〇フランですって」彼女はつぶやいた。「あたくしがたった一二〇〇フランしかとっていないのに」彼女は早口でつづけた。「でも、当分やむを得ないわ。いま先生は、あたくしが勤めをやめるようにとかなんとか、言ってらしたわね。いやよ。しっかりしがみついているわ」そして、小さな指は、力をこめて、私の指をつかんだ。「あなたに養っていただくために結婚するなんて！　そんなこと、あたくしにはできないわ。毎日がきっとずい分退屈よ。あなたは朝から晩まで、空気のこもった、やかましい教室で、教えるためにおでかけになるのに、あたくしは、仕事もなく、ひとりぼっちで、おうちにぐずぐずしていなければならないんですもの。あたくしきっと憂鬱になり、不機嫌になって、あなたにすぐにあきられてしまうわ」

「読んだり勉強したりすればいいじゃないか。この二つのことは君大好きなんだろ」「無理ですわ。考える生活は好きですけれど、活動的な生活はもっと好きです。きっと、何かしらしないではいられませんわ。できたら御一緒にね。あたくし見ていて気がついたことですけれど、お互いにただ楽しみのため交際している人たちは、一緒に働いたり、時には一緒に苦しんだりしている人たちほど、心から好きあっても、尊敬しあってもいませんわ」（第二三章）

愛の成就としての結婚と、結婚後の女性の活動の必要と、さらに加えて男女の経済的平等さえも求めるフランシスの要求は、かつてイギリスの小説に類例を見ぬものであった。

シャーロットの小説のパターン

『教授』には、シャーロットのすべての小説に共通するパターンが表れている。すでにアングリアの作品にも時折見られたものだが、年長で妻または婚約者のいる教師（あるいは強くたくましい男性）と、若く貧しい孤独な教え子（または無垢《むく》な少女。家庭教師や学生兼教師の場合が多い）との恋愛、というブリュッセル体験に基づく筋立てである。

さらに『教授』には、ブリュッセルの地誌が――街路、建物の名に到るまで――正確に実名をもって登場する。ただし、「エジェ」という一つの固有名詞だけは別であるが。しかしこの外面的リアリズムはブリュッセルの巧みな描写には効果的だったが、作者の全存在を震撼《しんかん》させた心情体験を、内的リアリズムによって作品に結晶させるまでには到らなかった。シャーロットは、ブリュッセル体験の表現においてできるだけ冷静に、客観的であろうと努めた結果、彼女の小説の本来の特徴である生彩に富む人物たち、生き生きした言葉、溢れるほど豊かな感情は、『教授』では稀にしか現れていない。

『嵐が丘』

シャーロットの『教授』が願望成就の物語であるのに比べ、エミリの『嵐が丘』は決してそうではない。エミリはヒースクリフの造型にあたり、子どものころ父から聞いたブロンテ家の先祖の話をヒントにしたであろう。さもなければ、ロー＝ヒル校在職中に聞いた近隣の復讐魔ジャック＝シャープの実話、あるいはその両方をヒントにしたかもしれない。ヒンドリ＝アーンショオの破滅の人生には、エミリの眼前で酒と阿片に溺れて廃人になっていく兄ブランウェルの実態をたしかに彷彿《ほうふつ》させるものがある。ヒースクリフがわめき暴力を振う憎悪と恐怖の家、嵐が丘は、当時のブロンテ家の地獄のような実態を反映しているかもしれない。

しかしエミリが書こうとしたのは、彼女自身の人生体験に基づく小説ではない。それは強烈な愛のテーマをもつとはいえ、シャーロットやアンの小説のように、愛し合う二人が結婚によって結ばれる物語でもない。出版当時、そしてそれ以来、多くの読者に激しい衝撃と困惑を与えたこの小説については、第二部で詳しく述べることにしたい。

『アグネス＝グレイ』

アンの『アグネス＝グレイ』は、一八四五年のエミリの誕生日を記念する日記の中で『ある個人の人生のこと』として彼女が言及している作品のことらしい。この小説には、二度にわたるアンの家庭教師体験が赤裸々に描かれていて、彼女の自伝小説の試みであると考えられる。いうまでもなく、アンはアクトン＝ベルという、男性と思われるようなペン-ネームに隠れているからこそ、ここまで赤裸々に書けたといえるかもしれない。

グレイ家は、父親が牧師であることをはじめ、アグネスと姉との関係、娘が家計を助けるために家庭教師として外に出て働くことなど、ブロンテ家を念頭に置いて書かれたと思われる家庭環境である。一九歳の末娘アグネスが真っ先に家庭教師の職につくのも、アンとそっくりである。物語はアグネスの少女時代に始まり、彼女が三人の子の母親になるまでが、アグネス自身の一人称の回顧談で語られる。

まずインガム家を下敷きにしたらしいブルームフィールド家において、アグネスの最初の家庭教師体験は失敗に終わる。雇主夫妻の教育観と家庭教師のアグネスのそれとがまったく反対だからであって、子どもたちは親の自由放任をいいことに許し難《がた》い言動をする。教え子のいたずらっ子トムがアグネスの諫止《かんし》を無視して、残酷な雛鳥《ひな》いじめをやめようとしないとき、アグネスは大きな石を落として自分の手でその雛鳥を殺すことによって、教師としての義務を果たす。おとなしいアンの内に秘めた正義感の厳しさが、感じとられる場面である。

第二の勤め先マリ家には、一六歳のロザリと一四歳のマティルダという二人の娘がいる。男たちの注目を引くことが大好きなロザリの周辺に、対照的な二人の牧師が配置される。弱者に対して愛と誠意をもって接するウェストン牧師補は、おそらく、アンがウェイトマンを理想化して創造した人物と思われる。他方世俗的なハットフィールド牧師は、恵まれぬ者に対して冷淡な半面、ロザリへの関心は強い。ロザリはハットフィールド相手の恋愛遊戯に飽きると、貧乏な彼を捨てる。そしてアグネスがウェストンを愛していることを知りながら、今度はウェストンを誘惑しようとする。アグネスは苦しむが、ウェストンはロザリの誘いには動じない。やがてロザリは、財産家のサー＝トマス＝アシュビーと結婚する。アグネスとウェストンの間はしばらく音信不通になるが、実はウェストンの方もアグネスに好意を抱いていて、彼女の家を探していたのだった。二人は、朝の散歩のとき、海岸で久しぶりに再会する。

山国育ちのアンは、かつてスカーバラの海岸で夏を過ごしたとき、海の雄大さ、美しさにひどく感動したものだった。アグネスとウェストンの再会の場面、さらにウェストンがアグネスに求婚する場面を海岸に設定したアンは、告げることもなく失われたウェイトマンへの愛の追憶をこめて、この小説を書いたに違いない。

『アグネス＝グレイ』は、アンの苦渋に満ちた家庭教師体験を縦糸に、生涯一度の恋の追憶を横糸にして書かれた。しかしそれだけではない。この素朴な小説には、実は、女性の生き方についてのアンの真剣な主張がこめられている。アグネス、彼女の母や姉、ブルームフィールド夫人、マリ夫人、ロザリなど大勢の女性人物が、それぞれ違う価値観のもとに対照的な恋愛や結婚をし、異なる人生を歩む。アグネスの母アリスは愛する夫の死後、海辺の町で小さな学校を開く。そして家庭教師をやめたアグネスは、ウェストン夫人になるときまで、母に協力して学校を運営する。

愛と人格に基づく結婚、女性の経済的自立、毅然《きぜん》たる信念をもつやさしい母と娘との学校経営――『アグネス＝グレイ』は、母を早くに失い、悲恋も秘めたままのアンが、いじらしい夢と憧れをささやかな現実の中に解放し、同時に人生への真摯《しんし》な信念を盛り込んだ小説である、といえよう。

一八四六年七月四日、カラ＝ベルの『教授』、エリス＝ベルの『嵐が丘』、アクトン＝ベルの『アグネス＝グレイ』――この三つの小説の原稿が、ロンドンのヘンリ＝コルバーン社に発送された。

二　有名作家へ

父の眼の手術

このころ父の眼病はますます重く、白内障の手術を受けるための診断を仰ぎに、シャーロットはマンチェスターの名医のところに父を連れて行った。一八四六年八月のことである。

イングランド北西部の大都市マンチェスターは、ロンドンと共に産業革命の中心地として商工業の繁栄を誇っていた。町の中心部は、紡績・染物工場の排水と騒音、煤煙まじりの空気、不潔なスラムの密集という有様だったが、シャーロットが探し当てた二人の宿は、バウンダリーストリートの静かな一画にあった。シャーロットはここで五週間、父に付き添い、父と自分のため、さらに通いの看護婦のために炊事もせねばならなかった。

手術当日の朝、新たな試練がシャーロットを襲った。『教授』の原稿がヘンリ＝コルバーン社で拒絶されて、彼女のもとに返されてきたのである。おそらくエミリの手で転送されたものであろう。しかし不屈のシャーロットはひるまなかった。『教授』の運をもう一度試してみようとして、彼女は前の出版社名を線で消しただけでそれと並べて次の出版社名を書き、再び発送した。このことからも、世慣れぬシャーロットが、世間の常識にいかに無知であったかがわかるのではあるまいか。三つの原稿は、当時の小説出版の常道だった三巻本を構成する見込みのもとに、当初まとめていくつかの出版社に送られたが、よい返事は得られず、やがて別々に送られたがやはり断られ、約一年が空しく過ぎてしまうことになる。

ブロンテ師は、麻酔なしの一五分間の手術を、医者も驚くほどの我慢強さで耐えた。シャーロットは父の願いにより、その間中彼に付き添い、無言で、身じろぎもせずに見守った。手術は無事に済んだが、父は当分暗闇の中で、絶対安静の日々を送らねばならなかった。一週間後医師は包帯を外し、手術の結果に満足して立ち去ったが、痛みを訴える父に、シャーロットは不安を禁じ得なかった。一カ月後看護婦も去ったが、父だけでなく、シャーロットまでが監禁状態のような日々を過ごしていた。

暗い中に父がじっと横たわっているその隣室で、シャーロットは「絶望の悪寒のような何かが心の中に広がり始めた」(『嵐が丘、アグネス＝グレイ』一八五〇年版、「略伝」)のを感じていた。父の病状によっては、彼女が家計の責任を負わねばならなくなるだろう。ブランウェルは湯水のように金を浪費していたし、妹たちの将来にも明るい見通しは立たなかった。家庭教師、学校教師、そして学校開設も見込みがなく、詩集と処女小説も失敗に終わったとなると、彼女に残された唯一の道は、売れる三巻本の小説を書くことだけだった。

『ジェイン＝エア』に着手

父の眼への配慮から閉め切られた部屋の中は、蒸し風呂のように暑かった。シャーロットはしばらく前からのしつこい歯痛と連夜の不眠に耐えながら、この時ペンをとって書き始めた。

その日は、散歩など、とてもできそうもなかった。事実、朝のうちは、一時間ほど、葉の落ちた灌木林《かんぼくりん》を歩きまわったのだけれど、昼食後(リード夫人は来客のないときは早めに昼食を済ませた)冷たい冬の風が、うっとうしい雲を吹きよせ、沁《し》み入るような雨が降りだしたので、これ以上戸外の運動をつづけるのは、もうどだい無理だった。

わたしは、これが嬉《うれ》しかった。わたしは遠道《とおみち》の散歩、ことに底冷えのする午後の散歩は大嫌《だいきら》いだった。手足の指先がかじかみ、保母のベッシイの叱言《こごと》に悲しい気持になり、エリザやジョンやジョージアナ・リードよりも、体質が劣っていることを思い知らされ、うそ寒い日の暮れ方家へ帰るのは、何ともおぞましいきわみだった……(第一章)

孤児ジェインの物語

シャーロットの手は迅速に、適確に動き、孤児ジェイン＝エアの物語は、力強く雄弁に書き続けられていった。前作の『教授』は、ブリュッセル体験を書かずにおられぬ衝動と、それを抑制しつつ書かねばならぬという意志とに引き裂かれ、不十分な結果に終わったことに彼女は気づいていた。ブリュッセルの地誌を実名で用いた『教授』の外的リアリズムを離れ、今やシャーロットは、故郷ハワースとその周辺を念頭に置いて、自由に想像力の翼を広げ、水を得た魚のように書き続けた。

情熱的で誇り高い孤児ジェインは、階級、慣習、宗教の偽善性と戦い、学問に励み、学校教師として奮闘する。やがて家庭教師として雇われた先の主人ロチェスターと、階級と貧富の差を越えて愛し合う。二人の結婚には思いがけぬ邪魔が入るが、ジェインはのち、生まれ変わったように謙虚になった彼と再会して結ばれる。

この小説には、シャーロットの特徴であるさまざまの対照的要素が渾然一体となって盛りこまれている。ロチェスターの狂気の妻をめぐるゴシック的な筋立て、暗い過去をもつバイロニック-ヒーロー的な男性主人公、火事によるソーンフィールド館の崩壊などは、アングリアの夢を受け継いでいると思われる。他方、雇い主と家庭教師の恋というテーマについては、その家庭教師が知性、感情、道徳の諸面で主人と同等の——あるいは主人より上位にある——女性であることが重要であり、これはシャーロットが恩師エジェ氏への思慕を、自らの理想とする男女の愛の形に書き替えたものといえるだろう。この小説には、カワン-ブリッジでの苦難、そこでの姉マリアの死、そして家庭教師体験など、シャーロットの悲痛な記憶がちりばめられている。また狂女バーサの描写には、ブランウェルの狂乱の言動がヒントになったかもしれない。だが、そういう個々の伝記的背景よりも、自由と自立を求め偽善を憎むジェインの不屈の精神が、シャーロット自身の精神の反映である、ということの方が重要であろう。これらさまざまの要素が、力強い女主人公の個性と一人称の雄弁な語りによって、一つのめざましい虚構の小宇宙を創り出す——これが『ジェイン＝エア』の魅力である。

強力なヒロイン

前述したように、毎夜九時父が寝室に引き上げたあと、ブロンテ姉妹は居間をあちこち歩き回りながら、創作の案を語り合う習慣があった。こんなひとときに、彼女らは日々の心労から心を解き放ち、想像の世界に自由に飛翔することができた。『教授』から『ジェイン＝エア』へ——その画期的な転機は、そんなとき、強力な女主人公＝語り手のアイディアをシャーロットがつかんだ時に訪れたのである。

彼女はかつて妹たちに、女主人公を当然のように美しい女性にするのは間違っている——大いに間違っていると話した。妹たちは、女主人公を美しい女性にせずに興味ある人物にすることは不可能だと答えた。彼女は次のように答えた。「あなたがたが間違っていることを証明しましょう。私と同じように不器量でちっぽけな女主人公が、あなたがたの女主人公と同じように、興味ある人物になることを示しましょう」（ハリエット＝マーティノウ、「カラ＝ベルの死」「デイリー＝ニューズ」、一八五五年四月）

激しい情熱と厳しい理性を兼ね備えた家庭教師のヒロインは、すでにアングリア末期のエリザベス＝ヘイスティングズにおいて開拓され、『教授』のフランシスにおいても試みられたが、今度はそれらを踏襲《とうしゅう》するというよりも、シャーロットは新たに、そして意識的に、世間の慣習と小説の常道に挑むヒロイン――容姿の美や財産という外面的なメリットを一切持たず、ただ内面の輝きにおいてのみ優れているヒロイン――を大胆に創り出したのである。

こうしてジェイン＝エアが生まれた。『教授』では、作者の心情と主張が男女の主人公二人に分裂して託された上に、男性主人公＝語り手の一人称話法がかならずしも適切ではないという憾《うら》みがあった。今度はシャーロットは、自分の悲しみや喜びをジェイン一人に注ぎこみ、自分の苦悩と欲求を彼女一身に担わせた。ジェインの雄弁な訴えの中に、まぎれもないシャーロットの声が響いてくる。

シャーロット＝ブロンテの天賦の才能が一気にほとばしり出たこの傑作『ジェイン＝エア』については、第II部で詳しく述べたい。

自由への渇望

ブロンテ師の視力はようやく回復したが、その冬の異常な寒さの中で、彼は今度はインフルエンザをこじらせた。一家全員が風邪を引き、アンは執拗な喘息《ぜんそく》に苦しんだ。シャーロット自身は風邪からくる歯痛で眠れぬ夜が続いた。その上ブランウェルの借金を返済せねば投獄するという通知が州長官から届き、金の工面もせねばならなかった。シャーロットは心安まるひまもなく、食欲をまったく失い、自分が青白くやつれ、老けこんでしまったと感じていた。息づまるような家庭の束縛から脱出したいと熱望しつつも、彼女は、今は留まって長姉としての義務を尽くすことしか道がないと自らに言い聞かせた。このときシャーロットは『ジェイン＝エア』を書き進むことで、かろうじて自分を支えていた。作者が閉塞状態にあればあるほど、ジェインの自由への渇望はますます強くなった。

一八四七年三月二四日、シャーロットはエレンにこう書き送った。

私は次の誕生日で三一歳になります――私の青春は夢のように過ぎ去りました――そして私は青春をほとんど活用してきませんでした――この三〇年間、私は何をしたでしょう？――ほんのわずかにすぎません。

だがシャーロットは、実はこのときすでに『ジェイン＝エア』の清書に着手していた。親友エレンに宛《あ》てた大量の手紙のどこにも、彼女の創作生活の一端すらほのめかされていないのは、奇異に感じられるほどである。

『嵐が丘』『アグネス＝グレイ』の出版受諾

同じ年の七月、一通の手紙がロンドンから届いた。三つの原稿が送られた五番目の出版社T＝C＝ニュービー社からのもので、『嵐が丘』と『アグネス＝グレイ』の出版は引き受けてもよいが、『教授』は断るという趣旨、しかも三五〇部に対し五〇ポンドを負担せよ、という厳しい条件だった。だがエミリとアンはこの条件を受け入れ、八月には校正にかかることになった。

『教授』の非運

その結果、『教授』の出版の可能性は消えたも同然だった。というのは、この小説は、単独で出版するには短かすぎたからである。今まで姉妹三人の出版計画をほとんど独力で推進してきたシャーロットにとって、これは大きな痛手だった。彼女はほとんど望みを持たずに、七月一五日に、ロンドンのスミス＝エルダー社に『教授』の原稿を発送した。八月、思いがけず二枚にわたる丁重な返事が来た。『教授』は商売上の理由で出版できないという返事のみでなく、この作品の長所と短所を詳しく指摘し、その上、カラ＝ベルが三巻本の小説を書いたら考慮をしてもよい、とまで付け加えてあったのである。

そのときすでに、三巻分の分量をもつ『ジェイン＝エア』はほぼ完成していた。シャーロットは勇躍して、八月二四日、『ジェイン＝エア』の分厚い原稿を「ミス＝ブロンテ気付、カラ＝ベル」

の名のもとに鉄道便で送った。

『ジェイン＝エア』受け入れられる　ロンドンのスミス−エルダー社では、右の手紙を書いた顧問W＝S＝ウィリアムズが、『ジェイン＝エア』の原稿を読み終え、社長ジョージ＝スミスのところに持ってきて、彼にも読んでほしいと言った。土曜日に原稿を受けとったスミスは、一九〇一年に出版された回顧録の中に、こう書いている。

私は日曜日の朝、友人と会う約束をしていた。家から二、三マイルのところで一二時に落ち合って、馬で田舎へ出かける予定だった。日曜日の朝食後、私は『ジェイン＝エア』の原稿を持って書斎へ行き、読みはじめた。その物語はすぐに私をとりこにした。一二時前に私の馬が玄関へ来たが、その本を下に置くことができなかった。私は友人に二、三行の走り書きをし、まことに残念ながらお会いできぬような事情になったことを告げる手紙を馬丁に持たせてやり、原稿を読み続けた。やがて召使が来て、昼食の用意ができたことを告げた。私は彼に、サンドイッチと一杯のワインを持ってきてくれるよう頼み、まだ『ジェイン＝エア』を読み続けた。ディナーが来た。私は大急ぎで食事を終えた。その夜寝る前に、私は原稿を読み終えた。翌日、私たちは「カラ＝ベル」に、その本の出版を引き受けるという手紙を書いた。……

ものすごい早さで印刷と校正が進み、出版が決まってからわずか六週間で『ジェイン＝エア』は世に出た。一八四七年一〇月一六日のことである。

『ジェイン＝エア』出版

『ジェイン＝エア』への反響は、はじめはポツポツと現れ、無名の作者への慎重な判断を示すものもあったが、やがて感激の大嵐となってロンドンの、そして全英国の読書界を席捲《せっけん》するに到った。著名な批評家のG＝H＝ルイスは感激し、シャーロットが尊敬してやまぬ小説家サッカレーは、恋愛の場面を泣きながら読んだといわれる。一二月初めには、この本への注文が殺到しはじめた。

ブロンテ姉妹はこれまで、自分たちの文学上の活動を、父にもブランウェルにも隠してきた。父の心配をこれ以上増やしたくなかったし、ブランウェルの劣等感を刺激したくなかったからである。もっとも、出版社から多くの手紙がミス＝ブロンテ気付として届いていたから、ブロンテ師は何かを勘づいていたかもしれない。『ジェイン＝エア』の爆発的な売れ行きが確実になったとき、シャーロットは妹たちから勧められて、父のところへ行き、父娘の間に次のような会話が交わされた。


「パパ、私、本を書いているのよ」

「そうかい、お前」

「はい。それを読んで頂きたいんです」

「読むと目に負担がかかるんじゃないか心配だ」

「でも原稿じゃありませんわ。印刷されていますの」
「おやおや、そんなことをしたら費用が随分かかることを考えなかったんかね？　きっと損になるよ。どんな風に本を売ってもらえるのかね。だれもお前のことも、お前の名前も知らないからね」

シャーロットは書評をいくつか父に読み聞かせ、一冊の『ジェイン＝エア』を渡して部屋から出た。お茶のとき、父はこう言った。「お前たち、シャーロットが本を書いてたなんてことを、知ってるのかね。思ったよりずっとよくできているよ」

ヴィクトリア女王も『ジェイン＝エア』を感動して読んだ。翌年一月には、早くも第二版が出版された。アメリカでも大変な売れ行きだった。イギリスの読書界に、カラ＝ベルという作者について、さまざまの憶測が飛び交った。もし女がこれを書いたとすれば「粗野」で「下品」である、という評もあった。

『嵐が丘』と『アグネス＝グレイ』の出版

『嵐が丘』と『アグネス＝グレイ』の出版は遅延していたが、一二月になってようやくニュービー社から出た。ずるいニュービーは、『ジェイン＝エア』の成功に刺激され、それにいわば便乗する形で出版したのである。『嵐が丘』二巻、『アグネス＝グレイ』一巻、合計三巻本の形であったが、エリス＝ベルとアクトン＝ベルは、わざと『ジェイン＝エア』のカラ＝ベルと混同されるように意図されていた。世間には、カラ＝ベルとは何者か、カラ＝ベルは男か女か、という憶測のほかに、三人のベルは同一人物なのではないかという憶測も生まれた。

『嵐が丘』は当惑と驚愕と反感をもって迎えられ、「野蛮」で「残酷」であると評された。『アグネス＝グレイ』の方はほとんど無視された。

アンの第二作とベル兄弟の正体

アンはブランウェルの恐るべき堕落の日々を目のあたりにしつつ、そしてこの冬も咳《せき》と熱に苦しみながら、彼女の二番目の小説『ワイルドフェル＝ホールの住人』に取り組んだ。前述のように、これは飲酒の害を世間に警告しようという、強い真摯なアンの義務感のもとに書かれたものである。一八四八年六月、この小説はニュービー社から出版され、好評と悪評が相半ばする反響だった。しかもニュービー社は、『ワイルドフェル＝ホールの住人』を、カラ＝ベルの新しい作品と偽って、アメリカの出版社ハーパー＝ブラザーズに売ってしまった。他方、スミス＝エルダー社の方は、かねてからカラ＝ベルの次作をハーパー社に渡すことを約束していたので、事態は混乱した。

七月、シャーロットはスミス＝エルダー社からの手紙を読むとすぐ、アンを伴ってロンドンに行き、同社に作者の正体について真実を説明しようと決意した。エミリは同行を断っただけでなく、二人のロンドン行きに強い不快感を示した。そんなことをするくらいなら、今まで何のために匿名を守ってきたのか――エミリはそう考えていた。

ロンドンでは、ジョージ＝スミスとW＝S＝ウィリアムズは、「奇妙な衣服を着た、青い顔の心配げな二人の小柄な女」が、カラ＝ベルとアクトン＝ベルであることに仰天した。歓迎責めの数日間が続き、二人はくたくたに疲れやつれ果てて、ハワースに帰り着いたのだった。ロンドンへのこの旅は、その後数回に及ぶロンドン訪問と共に、シャーロットの第四作『ヴィレット』に生かされることになる。エミリは、シャーロットがエリス＝ベルの正体まで明かしてしまったことを、ひどく怒った。

やがて『ワイルドフェル＝ホールの住人』も、次第に新聞や雑誌で注目されるようになってきた。姉妹は新たな希望を抱いて、毎日机に向かっていた。エミリとアンがこのころ書いていたと思われる作品については、謎に包まれている。

二二　死の蔭の谷

ブランウェルの死

姉妹が長年そのために苦闘しつづけてきた文学による名声が、ようやく彼女らのものとなった。だが、それにもかかわらず、牧師館の中の生活は、以前とまったく変わらなかった。彼女らは、昼間は縫い物や料理や掃除に忙しく、夜は、近くの居酒屋ブラック＝ブル亭で泥酔して帰ってくるブランウェルに悩まされつつ、執筆を続けていた。

酒と阿片と借金のため、ブランウェルは廃人のようになり、昼間は眠り、夜はわめき暴れた。薬屋や居酒屋へフラフラと歩いて行く姿は、村人には馴染みになっていた。彼は結核が進行し、時々発作を起こして倒れた。夏の間に彼は急速に弱っていった。

シャーロットが第三作『シャーリー』の第二巻の終わり近くまで書き進んだとき、恐ろしい悲劇がブロンテ家を襲った。

医者も弟自身も、それほど死が近いとは思っていませんでした。弟が寝たきりになったのはたった一日だけ、それに死の二日前には村に行っていたのです。弟は二〇分苦しんだのち、九月二四日、日曜日の朝亡くなりました。最後の苦しみが襲うまで、意識は完全にはっきりしていました。彼の心は、死の前によく起こる特殊な変化を二日前に受けていました。自然の愛情が最後の瞬間にはっきり戻ってきたのです。（エレンへ、一八四八年一〇月九日）

ブランウェルは三一歳だった。シャーロットは、弟の死自体よりも、彼の才能が浪費されたことを悲しみ、同時に、彼に冷たくあたってきた自分を責めた。エミリとアンはもっと優しい自然な気持ちで兄の死を受けとめた。ブロンテ師の悲しみは深かった。優れた娘たちよりも不肖の一人息子を溺愛した父の悲嘆の激しさは、シャーロットの心を苦い思いで満たした。

エミリは兄の葬式のとき風邪をひいたのがきっかけになり、急速に痩《や》せ衰えた。彼女も結核だった。ブランウェルを強く愛していた彼女は、彼の死後生きる意欲を失くしたようだった。

エミリの死

家事の大部分を受け持っていた彼女は、ひっきりなしの咳、息切れ、胸痛にもかかわらず、苦痛をまったく訴えず、医薬を全然受けつけなかった。そして黙って平常通りの日課をこなそうとしていた。それはまるでエミリの中に、『嵐が丘』に見られるような、生と死について、肉体の苦痛と精神の解放についての何か独自の思想が、ますます確固となりつつあるようだった。現世の名声に憧れず、兄の罪を咎《とが》めず、死に毅然と直面するエミリの精神は、シャーロットの理解を超えるものだった。エミリが一日一日と目に見えて死に近づいていくのを、シャーロットとアンはなすすべもなく見守る以外になかった。

一二月一九日の朝、エミリはいつものように七時に起き、あえぎながら身支度をし、ゆっくり階段を降りて来て、いつもの針仕事を手に取ろうとさえした。その朝シャーロットは雪に覆われた荒野に出て、エミリの大好きなヒースの小枝を探し求めた。枯れた一枝をようやく見つけて家に帰ると、エミリの目はもう霞《かす》んでいて、ヒースを見分けることができなかった。昼ごろ、彼女は初めて、「医者を呼んでもよい」と言ったが、時すでに遅かった。エミリはベッドではなく、居間のソファの上で死んだ。三〇歳だった。

エミリの葬式には、老いた父と二人の姉妹のほかに、エミリが可愛がっていた猛犬キーパーが加わった。彼は教会の中で式の間中じっと座っていた。葬式が終わって牧師館に帰ると、エミリの部屋の前にうずくまり、何日間も悲しげな唸《うな》り声を立てていた。

アンの死

エミリの死後、エミリの分身のようだったアンが目立って弱りはじめた。一八四九年一月、厳しい寒さの中でアンの病状は進んだ。リーズから専門医を招いた結果、アンもやはり肺結核で、すでに手遅れと診断された。今までこの目立たぬ末妹を比較的軽視してきたシャーロットは、アンの心境の平静さに打たれた。彼女は間近に迫る死を従容《しょうよう》と受け入れ、エミリと対照的に素直に医薬を用い、進んでシャーロットに協力するのだった。たった一人残ったこの妹を死から守ろうと、シャーロットは、かつて母と伯母が亡くなったその部屋で、咳と呼吸困難に悩むアンを懸命に看護した。

このころ、アンは最後の詩を書いた。

おそろしい暗闇が
　わたしの不安な心に迫り来る
苦しみはいとわぬが　罪は犯さしめたもうな
責め苦をも　甘んじて受け入れさせたまえ

霧深きこの世にありても
　つねに　あなたに目を向けさせたまえ
誘いの悪魔を去らしめるまで
　刃向かう勇気を　与えたまえ

…………

かくて心よりあなたに仕えさせたまえ
　わたしの定めが　いかにあろうと
かく早く世を去ろうとも
　また今しばらく待つとしても

死が門口に立っていようと
　わたしはこのように誓いを守ろう
だが主よ　わたしの定めが何であろうと
　今　あなたに仕えさせたまえ

医師に転地を勧められて以来、アンは北海に面する海岸町スカーバラに是非《ぜひ》行きたいと望んでいた。ここは、かつてロビンソン家の人々と共に訪れた思い出の地であり、雄大な海は彼女の憧れの場所だった。五月二四日、痩せ細ったアンは、シャーロットとエレン＝ナッシーに付き添われて出発した。一行は途中、アンの希望で、ヨークの大聖堂に詣《もう》でたが、アンはかつてエミリと二人でここを訪れた旅を思い出し、感銘を新たにして涙を浮かべていた。スカーバラでは、アンは海岸で馬車に乗り、御者の少年にロバを優しく扱うよう言い聞かせ、自ら手綱を握りさえした。アンは海を望む宿の窓から、美しい日没を感動して眺めた。

一八四九年五月二八日、最期の時が訪れた。アンの信仰は最後まで揺らぐことはなかった。悲しみにくれるシャーロットを見て、「シャーロット、勇気を。勇気を出して」と言い、これが最後の言葉になった。二九歳だった。アンの亡骸《なきがら》は、家族たちを離れて、スカーバラのセントメアリ教会に埋葬された。

シャーロットの孤独

わずか八カ月の間に、シャーロットは三人の弟妹を次々に失って、ただ一人残された。アンの埋葬後、彼女はまっすぐ帰宅することに耐えられず、海岸近くの別の町で約一カ月静養したのち、父と召使と犬たちが待つ家にひっそりと帰り着いた。

牧師館では、恐ろしい孤独の日々が待っていた。父は書斎に引きこもり、シャーロットはかつて妹たちと共に歩き回り創作について話し合ったあの居間で、時計が時を刻む音を一人聞きながら過ごさねばならなかった。

夕暮が迫り夜が近づくと、大きな試練が訪れます。その時刻には、私たちは居間に集まり――話し合ったものでした。今では私が一人で座り――やむをえず黙っています。――彼らの最後の日々を思い、彼らの苦悩と、彼らが言ったりしたりしたこと、彼らの死の苦しみの表情を、思い浮かべずにはいられません。多分このようなことすべても、時と共に今ほど心を痛ませなくなるでしょう。（エレンへ、一八四九年七月一日）

『ジェイン＝エア』の著作権譲渡料としてスミス―エルダー社から支払われた五〇〇ポンドを、堅実なシャーロットは投資に回した。有名作家になってからも、彼女の生活は以前と変わらず質素なものだった。このとき彼女が自分のために思い切って行ったささやかな散財は、エレンに五ポンド送って、以前から欲しかったシャワー装置を届けてもらったことだけである。エレンはすでにカラ＝ベルの正体を知ってしまったが、彼女との文通の内容は、あいかわらず家庭的な私事を中心としていた。

朝目ざめて、孤独、思い出、渇望が一日中唯一の友となり、――夜にはそれらと共に床につき、それらは長い間私を眠らせないであろう――そして翌朝目ざめると、またそれらを友にするだろ

う と 思うと――ネル、私は時々心が重くなるのです。でもまだ打ちひしがれてはいませんし、立ち直る力も希望も失ってはいませんし、努力を怠《おこた》ることもありません。人生の戦いを戦う力が少しはあります。……まだ何とかやっていけます。（エレンへ、一八四九年七月一四日）

『シャーリー』を書く

シャーロットはアンの死の直後、海岸近くの静養先で、久しぶりにペンをとって、『シャーリー』の第三章を書きはじめた。妹たちが死に臨《のぞ》んだときの強さと平静さが、今彼女の弱った心身を支えていた。特に「シャーロット、勇気を出して」とささやいたアンの言葉が、彼女を奮《ふる》い立たせた。

アンの死の直後に書かれた章には、聖書からとられた「死の蔭《かげ》の谷」という題がつけられた。それは二人のヒロインのうちの一人、まるでアンのようなおとなしいキャロラインが、酬《むく》いられぬ恋に悩んで熱病にとりつかれ、死線をさまよようという件《くだり》だった。

シャーロットは、すでに『ジェイン＝エア』の完成直後から、第三作『シャーリー』に着手していた。彼女は、G＝H＝ルイスからの忠告を容《い》れて、今回はメロドラマを避け、現実の人々の生活を客観的に示そうと考えた。そして一八一二年にヨークシャーに起こったラダイト運動という社会史的事件を取り上げ、産業社会に生きる人々の労資の対立、とりわけ女たちの苦悩を、三人称話法で語ることにした。ラダイト運動とは、産業革命当時、機械の導入を失業の原因と考えた労働者たちが、工場を襲って機械を破壊した暴動のことである。シャーロットは、少女時代、ロウ＝ヘッド校在学中に、この事件について聞き、興味をそそられたのだった。

だがこの小説は、その題名が「谷間の工場」という最初の案から「シャーリー」というヒロインの名前に変わったことからもわかるように、結局はシャーロットらしい一種の恋愛小説になってしまった。

亡き妹たちの面影

ジェイン＝エアは、一人で女の情熱と誇りを担うヒロインだったが、『シャーリー』では、女性の強い愛情はおとなしい孤独な少女キャロラインに、誇りと自尊心は男まさりの美女シャーリーに、対照的に示されている。

孤児キャロラインは、いとこの織物工場主ロバート＝ムアを愛している。彼はベルギー系の混血児で自信に満ちた野心家であるが、ナポレオン戦争による産業危機を機械の導入によって乗り切ろうとし、労働者に工場を襲撃される。ムアはキャロラインの気持ちを知っていながら、富裕な女地主シャーリー＝キールダーから財政的援助を得る目的で、彼女に求婚する。キャロラインの愛の苦悩には、明らかにシャーロット自身のエジェ氏への悲恋の記憶が重なっている。そして控え目で可憐なキャロラインの原型は、妹アンと親友エレンであると思われる。

他方シャーリーは、妹エミリを念頭に置いて書かれ、すらりとした姿と、聡明で自由な精神を持ち、猛犬に咬《か》まれてもひるまぬ剛毅さなどは、エミリそっくりである。シャーロットがのちにギャスケル夫人に語ったところによると、シャーリーは「エミリ＝ブロンテが、もし健康と富とを持っていたら、こうなったであろうと思われる人」だった。
シャーリーはロバート＝ムアに対し、財政的援助はするが、求愛はきっぱり断る。彼女は、彼の弟で、彼女の少女時代に家庭教師だった貧しいルイ＝ムアを愛しているからである。やがてシャーリーの率直《そっちょく》さによって、二人の愛は確かめ合われる。ロバートの事業も順調に復し、彼は内心の欲求に従ってキャロラインの愛に応え、二つの結婚が同時に行われる。

ヒロインのみでなく他の人物たちの多くも、シャーロットが身近に知っている人々を原型として創造された。親友のメアリ＝テイラーとその妹マーサ＝テイラーは、ヨーク姉妹として登場し、三人の愚かでおしゃべりな牧師補たちのモデルとなった現実の牧師補たちの名も、推定されている。そして終わりの方に登場する四人目のりっぱな牧師補マッカーシーの原型は、やがてシャーロットの夫になるアーサー＝ベル＝ニコルズであった。ニコルズはのちに『シャーリー』を読んで笑いころげ、マッカーシーの描き方に満足の意を示したそうである。

この小説の焦点が、ラダイトの暴動から、二人のヒロイン、シャーリーとキャロラインにはっきりと移っていくのは、エミリとアンの死後である。シャーロットは亡き妹たちの幻を追いつつ、書き進んだに違いない。

『シャーリー』は八月に脱稿された。このころ父の病気に加え、年老いたタビーと若い女中の二人ともが病気になり、シャーロットは彼らの看病をしながら、すべての家事をせねばならなかった。自らの頭痛や消化不良に苦しみながらこれらの義務を果たしているうちに、あるとき、彼女の張りつめていた神経がまいってしまい、しばらくの間感情が抑え切れなくなって、白痴のように泣き叫んだ。だが、そのことを親友に告げた手紙の中でも、シャーロットは、「しかし人生は戦いです。私たち皆が人生との戦いをうまく戦っていけますように！」（エレンへ、一八四九年九月二四日）と書いている。その上、エミリにまかせていた鉄道の株価が大幅に下落して、シャーロットの不安を募らせた。

『シャーリー』は一八四九年一〇月、スミス＝エルダー社から出版された。全体的に好評を博し、カラ＝ベルの名は一段と上がった。

二三　孤独の直視

シャーロットは、『シャーリー』の好評に一安心したが、あいかわらず心身の不調に悩み続けた。作品への批評をいっしょに喜んだり悲しんだりしてくれる

ロンドンへの旅

妹たちを失ったことが、彼女の神経を異常なまでに過敏にしていた。彼女は自分のためにも、父のためにも、ロンドンの医師の診察を受けようと決心し、出版社の社長スミスの親切な勧めで彼の家の客になることにした。

一一月末シャーロットは再びロンドンに行き、スミス家に約半月間滞在し、社長の母スミス夫人の厚いもてなしを受けた。陽気でハンサムな二五歳の青年社長の心遣いは、孤独なシャーロットの

ジョージ＝スミス　初めて
シャーロットに会った頃の肖像画

心に次第に深く刻みこまれていった。彼に伴われて、オペラや美術館巡《めぐ》りをしたほか、今回の旅のハイライトは、サッカレーとの会見だった。サッカレーが大勢の客の前で『ジェイン＝エア』の有名な一節――果樹園の場面――を口ずさみ、カラ＝ベルの正体をばらしてしまった時のシャーロットの狼狽《ろうばい》は語り草になった。

　こののちもシャーロットは、二度ロンドンに旅し、そのたびにスミス家に滞在して彼らとの親交を深めた。スミスへの思いと、この母子の印象は、第四作『ヴィレット』で、ヒロインが思いを寄せるジョン＝グレアム＝ブレトンとその母の造型に生かされることになった。

性別批評への反撃

『シャーリー』にヨークシャーの方言が巧みに使われていることから、ハワース近辺の人々は、カラ＝ベルの正体がハワースの牧師の娘であることに気づき、大騒ぎしていた。このころシャーロットのもとへ『シャーリー』への厳しいいくつかの批評が届き始めただけでなく、カラ＝ベルは女であるという認識に立つ批評が、彼女に打撃を与えた。

　シャーロットは、幼時からのウェリントン公爵崇拝からもわかるように、全般的に保守的な思想の持ち主であったが、意外なことに、女性への性差別の問題に関してのみは、かなりラディカルな考えを持っていた。作家の性別に基づく批評の二重標準《ダブル・スタンダード》を嫌悪し、かつてカラ、エリス、アクトン＝ベルという筆名を姉妹で使用するよう提案したのもそのためであった。今、G＝H＝ルイスが「エディンバラ－レヴュー」に書いた『シャーリー』への書評に二重標準の例を見出したとき、彼女はすぐに猛然たる反撃の手紙を彼に送った。「私は敵からは自分を守ることができます。しかし神よ、友人たちから私を救いたまえ！　カラ＝ベル」（一八五〇年一月）。ルイスの書評は、『シャーリー』を十分に賞讃していたが、全体的に作者が女性であることを意識したものだった。その次に彼に送った手紙にも、彼女は「尊大」と思われる調子で抗議をくり返した。それは、女性であることの不利を、生涯身に沁みて体験してきたシャーロットゆえの抗議であった。

スミスへの恋

このころシャーロットは、頭痛、歯痛、胃病と吐き気などのために、次の作品には手がつけられぬ状態の中で、ロンドンの出版社から、とりわけ、スミスからの手紙や本の包みを日夜待ち焦《こ》がれた。それは病的な執着といってもよかった。部屋にいれば亡き妹たちを思い、荒野を歩くと――ヒースの小山、しだの枝、こけもの若葉、羽ばたく雲雀《ひばり》やべにひわを見るたびに――それらを特に愛したエミリの面影が浮かび、辺りを見回すと、青白いもやの中にアンがいるのだった。

シャーロットはロンドン滞在のたびに、八歳年下のスミスへの過敏な意識にとりつかれていたが、スミス自身はのちに「私は容姿に何らかの魅力か優美さのない女性を愛することはできなかった。

そして彼女にはそのいずれもが欠けていた」と書き残している。

妹たちの遺作改訂

一八五〇年秋、シャーロットはスミス＝エルダー社の求めに応じて、妹たちの小説を一冊本として出版するための改訂編集に従事した。彼女はまた、彼女らの詩集の新版のために取捨選択を行い、自ら手を加えさえした。亡き妹たちの書いたものを読み返す仕事は、霧雨の降り続く秋の間、彼女の気分をひどく塞《ふさ》ぎ込ませた。

この二つの仕事は、結果的に見て、エミリとアンが遺《のこ》したであろう未発表作品をシャーロットがどう扱ったかについて、多くの謎を残している。彼女は詩の多くと『ワイルドフェル＝ホールの住人』を無視し、除外してしまった。またいくつかの詩の中からゴンダルの夢に根ざす要素を削除したり、もしかしたら、エミリが書きかけていたかもしれぬ第二の小説を抹殺したかもしれない。それにまた、エミリとアンが約一五年間にわたり書き続けたと思われる膨大な散文のゴンダル物語やゴンダル年代記はどうなってしまったのか。これに関しては、エミリの願いに基づいて、アンが生前にこれらを葬ってしまったことも考えられるが、今はすべて謎である。

一八五〇年版の『嵐が丘、アグネス＝グレイ』にシャーロットが付けた「エリス＝ベルとアクトン＝ベルの略伝」は、沈痛で心を打つものだが、エミリに対する手放しの讃美の半面、アンに対しては比較的冷たい評価を示している。そして同書に付けた序文において、シャーロットは『嵐が丘』を世間に受け入れてもらおうとエミリのために懸命の弁護を試みてはいるものの、それは同時にこの小説の本質に対するシャーロットの理解の限界を示すことになった。

第三の求婚

一八五〇年から三年間は、多くの旅行の中に過ぎた。スミス兄妹と同伴のスコットランドへの旅、有名作家ギャスケル夫人や女性ジャーナリストのハリエット＝マーティノウとの湖水地方での会見、マンチェスターのギャスケル邸訪問、アンの最期の地スカーバラへの再訪など、孤独感をまぎらすための慌《あわただ》しい動きがあった。旅の興奮のあとハワースに帰り着くと、そこには極端に対照的な静寂が待っており、シャーロットはなすすべもなく、スミスとの文通に一喜一憂した。彼女は、ブリュッセル体験を二度と繰り返すまいと自分に言い聞かせながらも、彼の手紙を待ち焦がれずにいられなかった。彼からの便りが届いた後は、しばらくの間心身共に調子が良く、執筆もはかどるのだった。

スミス－エルダー社の社員でスコットランド人のジェイムズ＝テイラーは、『シャーリー』の原稿を受けとるために一八四九年九月にハワースを訪れて以来、たびたび本や書評をシャーロットに送って彼女への関心を示していた。彼はブランウェルに似た赤毛の小男だった。一八五一年四月、彼は五年間インドのボンベイに派遣される前にハワースを訪れ、彼女の気持ちを確かめようとしたが、彼女は彼を「尊敬することができなかった」（エレンへ、一八五一年四月二三日）ゆえに拒否した。だが矛盾したことに、彼女はその後インドからの彼の手紙を待ち続け、その焦燥も『ヴィレット』に反映されることになった。

『ヴィレット』難航

第四作『ヴィレット』の執筆は、こういう状況の中で難航していた。この作品は、九年前のブリュッセル体験だけでなく、最近数年間に繰り返されたロンドン滞在と、スミスによって刺激されたシャーロットの女としての情感に基づいて書かれた。そしてハワースの牧師館における孤独の日々の中で、作者が自らの暗い精神世界の内部をはっきりと見据《す》え、自分の精神の孤独を避け得ぬものとして受容し、それと対決する覚悟を固めたとき、ようやく完成したのであった。このころの手紙に、シャーロットはこう書いた。

> 時々私の心をうめかせる苦しみは、私が独身女であり、今後も独身女のままでありそうだという立場ゆえではなく、私が孤独な女であり、今後も孤独であろうと思われる立場に由来するのです。しかしそれは仕方がないことなので、是が非でも耐え忍ばねばならず、しかもできるだけ黙って耐え忍ばねばならないのです。（エレンへ、一八五二年八月二五日）

『ヴィレット』は一一月末にようやく書き終えられて、スミス-エルダー社に送られたのである。

『ヴィレット』　『ヴィレット』は、公共的な問題を扱おうとした『シャーリー』とは違い、シャーロットが自分の素質にもっとも適している個人的・主観的な問題を真正面から取り上げた小説である。彼女は以前から『教授』の改作の出版を望んでいたが、これは実現しなかった。彼女の心の中に、『教授』では十分に書き切れなかったあのテーマ――ブリュッセル体験――を、もっと直接的に心おきなく書いてみたいという熱望がくすぶっていたのである。

遠いブリュッセルの思い出、比較的近いロンドンでの苦悩、弟妹の死、過ぎ去った青春、そして孤独な現在と未来――つまりここには、一人の女としてのシャーロットの過去の思い、現在の苦しみ、そして未来への展望が、すべて圧縮されて文学化されたといえよう。

『ヴィレット』は、作家としてシャーロットが最後に到達した世界を表現する作品なので、やや詳しく述べることにする。

ルーシー＝スノウの物語

シャーロットの苦悩を担うヒロインのルーシー＝スノウは、前向きで積極的なジェイン＝エアとは対照的に、物静かで内向的な女性である。彼女は語り手でもあり、『ヴィレット』はルーシーが老年になってから語る自伝的回顧談の形をとっている。ルーシーの語りは、ジェインの溌剌《はつらつ》とした率直さと異なり、もしかしたら『嵐が丘』の語りの手法からヒントを得たのかとも思われる間接性とあいまいさが特色である。

物語の冒頭では、ルーシー＝スノウは、容貌と健康に恵まれぬ内気な一四歳の孤児である。彼女は、イギリスの小さなブレトンという町で、名付け親のブレトン夫人の家で世話になっている。同家には、ポーリーナ＝ホウムという名の、母のない幼い女の子も預けられている。この子がブレトン家の息子で一六歳の少年ジョン＝グレアム＝ブレトンに夢中でなつく様子を、ルーシーは黙って冷静に観察する。

　やがてブレトン家を去ったルーシーは、不幸な出来事の結果、親戚からも離れて一人になり、次いで勤め先の雇主である老女とも死に別れる。

　二二歳のとき、彼女は自活の道を求めてロンドンに出、次いで大陸に渡る。そしてラバスクール王国（ベルギーの仮名）の首都ヴィレット（ブリュッセルの仮名）で、ベック夫人が経営する女子寄宿学校の英語教師になる。中年の未亡人ベックは、抜け目のないスパイ行為で学校を経営する辣腕《らつわん》家だ。ルーシーは異国の学校で友もなく、孤独感に悩み、長い夏休みには寄宿舎に取り残されてノイローゼ状態になる。ある日街をさまよい歩き、ついにカトリック教会に入りこんで、新教徒の身を顧みず、心の苦悩を告解してしまう。

　やがて彼女は、親切でハンサムな校医ジョン医師が幼な馴染みのジョン＝グレアム＝ブレトンであることを発見し、次第に彼に心を寄せていくが、彼は彼女の気持ちに気づかず、軽薄な美少女ジネヴラ＝ファンショーを崇拝し続ける。ルーシーは彼に対して募っていく情熱を抑えようと努めるが、彼の親切な手紙を待ち焦がれずにはいられない。

　一方、四〇歳くらいのかんしゃく持ちのポール＝エマニュエル教授は、初対面のときから、地味で冷静なルーシーが実は激情と才能を秘めていることに注目していた。この直情的・高圧的な小男は、ジョンに対する彼女の感情に嫉妬を示しはじめる。ジョンは、美しい伯爵令嬢に成長したポーリーナと再会し、彼女を愛するようになる。それを知ったルーシーは、ジョンへの恋を理性によって葬り去ろうと努め、ついにこの恵まれた美男美女の結婚を祝福する気持ちになる。やがて彼女は、エマニュエルの純真な人柄を知り、彼の友情を何よりも大切に思うようになった。ベック夫人は、エマニュエルとルーシーとを引き離すため、彼を急に西インド諸島に行かせることを企《たくら》む。

別離の苦悩に引き裂かれるルーシーは、初めてエマニュエルへの愛をはっきりと自覚し、それを表現する。彼は旅立つ前に、以前からの彼女の自立の計画を助けようと、ヴィレット市郊外に彼女のための教室と住居を借り、帰国後の結婚を固く約束して出発した。

教授の愛により孤独感からも解放された彼女は、彼を待ちつつ一人で学校をりっぱに経営していく。三年後、彼の帰国の船は嵐に襲われ、ルーシーの愛はまたも成就することなく終わる。

女性の「自立」と「自己表現」

この粗筋からもわかるように、「スノウ」という冷たい名前をもつヒロインは、作者が切り捨てたいと思っている自己の一面――抑圧、喪失、孤独――の投影である。その意味で、ルーシー＝スノウは、情熱的で願望成就型のジェイン＝エアの対極にあるヒロインなのだ。ルーシーは、雄弁なジェインと違い、自分を語ることは少なく、他の女性人物を語ることを通して自己を間接的に示す。彼女は、保守的な一九世紀の英国社会の中で、「自分」について「自分の言葉」ではっきりと語ることさえできぬ女性の状況を、より忠実に反映する女性像である。

ルーシーは、ジョンに対する情熱と挫折という体験を経たからこそ、その心情は男性への隷属を断ち切り、その人間性は全面的に解放された。彼女は、一人の男へのロマンティック＝ラヴの幻想から脱却し、ロマンティックとは程遠いもう一人の男の圧制的自我と闘い、ついに民族・言語・宗派の違いを超えて、彼との間に友情的な愛を確立する。エマニュエル教授との愛は、そしてその悲劇的結末は、ルーシーの深い悲しみを代償としながらも、終生忘れえぬ貴重な思い出として、彼女のさらなる自立と解放への道を支えることであろう。

　男性中心的な社会の中で、女性が女性であるがゆえの多くの苦難を越えていかに自立し、自己を表現していくか――これこそ、女性作家が男性的な仮面をかぶろうとかぶるまいと、どうしても避けて通れぬもっとも重要な問題であった。女性作家シャーロット＝ブロンテが、最後の作品においてこのテーマにたどりつくまで、彼女はその人生において、これほど多くの犠牲に耐え、これほど深い孤独を味わわねばならなかったのである。

運命の受容

　『ヴィレット』におけるブリュッセルは、『教授』における実名の都市とは対照的だ。ベルギーはラバスクール王国、ブリュッセルはヴィレット市という仮名のもとに登場する。しかもヴィレットの町自体を題名にしたことからもわかるように、この小説の主題は、教授への恋ではない。ブリュッセルは物語の背景以上のものになり、異国におけるイギリス女性ルーシーの孤独を反映し、自立への道を準備する場として、主題の一部をなしている。

　『ヴィレット』の人物は『教授』の場合より、はるかにブリュッセル体験に忠実に創造されている。ポール＝エマニュエル教授は、かんしゃく持ちで、欠点の多い、しかし愛すべき小男の優れた教師として、エジェ氏に非常に近い。そして、ユーモアさえこめて書かれたこの男性像の驚くべき生気は、シャーロットがついにエジェ氏への恋のオブセッションを乗り越えたことを感じさせる。ベック夫人は奸智《かんち》に富む女校長としてエジェ夫人を原型にしていることは明らかだが、彼女の沈着、周到、有能ぶりは一種の魅力を備えており、作者が自分の劣等感や個人的な好悪を越えた人物造型に成功した好例といえるであろう。そしてヒロインのルーシー＝スノウは、シャーロットのヒロインたちの中で、最も深く複雑な女性心理の担い手になった。

『ヴィレット』について何よりも注目すべきことは、シャーロットが、少女時代から彼女に取りついて離れなかったロマンティック‐ラヴの幻想と訣別《けつべつ》し、孤独の運命を神意として受け入れ、ただ一人生きていく女性の雄々しい姿――『ヴィレット』執筆時のシャーロット自身の姿――を書き尽くすことができたことである。

ロマンスを越えて

ブロンテ師は悲しい結末をもつ小説を嫌っており、娘の新しい作品が幸福な結末で終わることを熱心に望んだ。彼がシャーロットに頼んだところによると、主人公と女主人公が――おとぎ話のように――「結婚して、その後ずっととても幸せに暮らす」ようにしてほしい、というのだった。だが、シャーロットの想像力にはポール＝エマニュエル教授が海で難破して死ぬという考えが深く染《し》みついていて、どうしても結末を変えることができなかった。そこで、彼女は、父の望みへの最大の妥協として、悲劇的な結末の解釈を読者自身の想像力にまかせることにした。

ルーシー＝スノウには、ジェイン＝エアのような莫大な遺産はころげこみはしない。彼女はエマニュエルの思い出を大事にしながら、彼の心遣いによる小さな学校の家賃を自分で払いつつ、異国でただ一人生きていくのである。シャーロット＝ブロンテは、最後の作品『ヴィレット』において、「ブリュッセル体験」に基づきながら、とうとうロマンスの常道を越えて、苦難に満ちた人生の冷厳な現実を書き切ることができたのだ。

『ヴィレット』は一八五三年一月、スミス－エルダー社から出版され、歓呼の声をもって迎えられた。

二四　シャーロットの結婚と死

牧師補の求婚

シャーロットがブリュッセルから傷心の帰国をした翌一八四五年に、ブロンテ師の牧師補として来任したのがアーサー＝ベル＝ニコルズだった。彼はシャーロットより二歳年下の謹厳実直な男であり、アンが慕ったウェイトマン牧師補とは正反対のタイプのアイルランド人だった。彼は月曜の夜ごとにブロンテ師と教会や日曜学校について打ち合わせ、時々は牧師館でお茶を飲み、エミリの死後は犬たちを荒野へ散歩に連れて行った。彼は長年にわたり、シャーロットの生き方をじっと見つめてきた。シャーロットの苦悩と悲嘆、父への孝養、そして有名作家になってからも以前と変わらぬ質素な暮らしぶりを見、彼女の深い孤独を知っていた。黒い濃い眉と黒い濃い頰ひげの間から、彼の目は深い意味をこめ、思いつめたように彼女を見つめていた。『ヴィレット』出版に先立つ一八五二年一二月一三日のことだった。

お茶のあと、私はいつものように居間に引き取りました。ニコルズ氏はいつも通り八時と九時の間までパパといっしょに座っていました。それから、彼が帰っていくかのようにパパの部屋の扉を開ける音が聞こえました。私は玄関の扉がガチャンと閉まる音が聞こえるだろうと予期していました。ところが彼は廊下で立ち止まり、戸を叩《たた》きました。何が起ころうとしているかが、私の頭に稲妻のようにひらめきました。彼は入って来て――私の前に立ちました。彼の言葉が何であったか、想像なされるでしょう。彼の様子がどんな風だったか――あなたにはおわかりにならないでしょうが――私はそれを忘れることはないでしょう。頭の先から足の先まで震え、死人のように青く、低い声でせきこんで、つっかえながら話し――男性にとって、見込みのなさそうな愛の告白がどんなに大変なことなのかを、彼は初めて私に感じさせました。いつもは彫像のような人が、あんなに震え、興奮し、しどろもどろになっている姿は、私に一種不思議なショックを与えました。（エレンへ、一八五二年一二月一五日）

この求婚のことを知ったとき、ブロンテ師は激しく怒った。彼の誇りである有名な娘を、平凡な牧師補ふぜいが奪おうとしていることが許せなかった。ブロンテ師の敵意と求婚者の傷心にシャーロットは苦しんだ。彼女は、ニコルズに対しては愛に類する感情は覚えなかったが、深い同情を感じた。

ニコルズが五月末にハワース教会から去るとき、門のところで激しくすすり泣いている姿をシャーロットは見た。リーズの近くで牧師補の職についた彼はシャーロットに熱心に手紙を書き続け、やがて彼女も返事を書いて、秘かな文通が始まった。タビーの口添えもあり、ブロンテ師はしぶしぶ二人の文通と交際に許可を与えた。

父の反対は別として、シャーロット自身、この結婚に対しては不安があった。愛してもいない男と結婚すべきか？　そもそもカラ＝ベルが結婚などすべきだろうか？　ニコルズは、知性や想像力においては、彼女より数段劣ることは明らかだった。だが今のシャーロットは、ニコルズの誠実な人格と献身的な愛を拒むことはできなかった。彼女はあまりにも孤独すぎた。それに彼女の年齢はすでに三八歳に近かった。

婚約に際してシャーロットが挙げた条件は、ニコルズが牧師補としてハワースに戻り、もし自分が先に死ねば、父の世話をしてくれることであった。

シャーロットの結婚観

シャーロットの結婚観には、彼女らしい二面性が見られる。若いころヘンリ＝ナッシーからの最初の求婚を断ったとき、その理由は「その人のためなら喜んで死んでもよい、という強烈な愛着……敬慕の念を持てる人でなければ」という情熱優先の態度だった。しかし、翌年彼女は、それと一見矛盾した文面の手紙をエレンに書き送ってもいる。

尊敬できない人と、無理に説得されて結婚してはいけませんよ。――愛していない人とは言いません。なぜなら、結婚以前に尊敬できる人ならば、少なくとも適度の愛が結婚後に生まれると思うからです。そして激しい熱情などは、たしかに望ましい感情ではありません。（一八四〇年五月一五日）

作品世界では激しい情熱を追求し続けたシャーロットは、現実世界では、実際に彼女自身の結婚に見られるように、愛していなくても一応尊敬できる相手を、そして現実生活の支えを選んだのだった。結婚の後に適度の愛が生まれる、というのは、当時の婦人雑誌などに多く見られる常識的な考え方だった。

アーサー＝ベル＝ニコルズ
新婚旅行中に撮影

結婚

結婚式は一八五四年六月二九日だった。式の前夜になって急にブロンテ師が式に参列できないと言い出したが、ウラー女史が代理を務め、式はハワース教会で無事挙行された。小さく痩せた三八歳の花嫁と頑丈《がんじょう》な花婿との対照が際立っていた。

二人は新郎の故郷アイルランドを一カ月にわたって旅した。八月一日、長い新婚旅行ののちに帰宅したシャーロットは、エレンに手紙を書いた。若いころアングリアの女たちの情熱的な性愛を夢中で書き続けた彼女が、独身のエレンに書き送った文面には、一種の戸惑いが感じられる。

親愛なるネル、この六週間、私の考えの傾向は大いに変わりました。私は人生の現実について、以前よりも多くを知りました。……実に、実に、ネル、女が妻になるということは、厳粛で、不思議で、危険なことなのよ。男の運命は、ずっと、ずっと、違っているのですが……（一八五四年八月九日）

多忙な毎日

ブロンテ師は急に老け込み、彼の仕事はほとんど娘婿に一任され、二人の関係は円満なものに変わった。今やシャーロットの時間も体力も、自分のものではなくなった。家事や父の世話のほかに、従来をはるかに上回る教区の仕事や社交の義務がかかってきた。シャーロットの健康状態は、このような多忙さの中でかえって改善されたが、愛情深い夫は日夜妻の助力を必要とするのだった。

気をつけなさい、エレン。結婚した女は、毎日ごく僅《わず》かな時間しか自分のものと呼ぶことができません。今のところ、私はこのことについて愚痴《ぐち》を言っているのではありません。私はそれを不運と見なす気持ちにはならないことを望みますが、しかしその事実は確かに存在するのです。
（一八五四年九月七日）

シャーロットの結婚生活は、はたして幸せだったのだろうか？　彼女自身の手紙からそれを判断することにしよう。

村人の一人が私の夫の健康に乾杯し、彼のことを「言行一致のキリスト教徒で優しい紳士」と評しました。実をいうと、その言葉は私を感動させました――そして私は……そのような人物を得るに価することは、「富」や「名声」や「権力」のいずれを得るよりもよいことだと思いました。私は今その大変な、しかし素朴な讃辞を、そのまま繰り返したい気持ちです。もし私が心から確信をもって七年後――あるいは一年後でさえも――繰り返すことができるなら、私は自分を幸せな女と評価するでしょう。私の夫は完全無欠ではありません——人間はだれ一人完全無欠ではないのです。しかしあなたもよくご存じのように——私は完全を期待してはいませんでした。

（マーガレット＝ウラーへ、一八五四年八月二二日）

私たちは皆——ほんとうに——とても元気です。私自身は——この三カ月間のように、長い間頭痛、吐き気、消化不良から比較的免《まぬが》れています。私の生活は前とは違います。神よ、それに対して感謝を捧げさせたまえ！　私には善良でやさしい、愛情深い夫がいます。そして彼に対する私の愛情は毎日強くなっていきます。（ウラーへ、一八五四年一一月一五日）

死の散歩

一一月末、ニコルズは妻を散歩に誘い、二人は雪融《ど》けのあとの滝を見に行った。素晴らしい眺めに見とれているうちに雨が降り出し、帰途はどしゃ降りになった。シャーロットは風邪を引き、新年にはそれをこじらせ、やがて絶え間ない吐き気に襲われた。彼女はこのとき妊娠していたと推定されている。彼女の病臥《びょうが》中、タビーが八四歳で死んだ。

衰弱しきったシャーロットが最後の病床で書いた弱々しい鉛筆書きの手紙には、「私が確信をもって言えることが一つあり、それはきっとあなたの心を慰めるでしょう——つまり私の夫が、女性が今まで持ったことのないほど優しい看護人、親切な支え——地上の最上の慰めであってくれることです。彼の忍耐は決して挫《くじ》けず、悲しい日々と不眠の夜によって試練を受けています」（エレンへ、一八五五年二月二一日）とあった。

二つの未完作品

シャーロットは、『ヴィレット』出版後、二つの作品に着手していたが、結婚後の慌しい日々のため、「エマ」も「ウィリー＝エリンの物語」もついに完成できなかった。「エマ」は、語り手の既婚女性が、まるでジェイン＝オースティンの小説を思わせるように、客観的に淡々と語るが、それは彼女自身の物語ではなく、寄宿学校に入れられた小さな少女の物語である。既婚女性が自らを語るというテーマを、シャーロットはついに追求しえなかった。

妻のすべてを独占したがる愛情深い夫は、シャーロットがエレンと交わす文通の内容にまで目を光らせ、シャーロットからの手紙をエレンが焼却することを求めていた。たとえシャーロットに執筆のための時間と精力の余裕があったとしても、このようなニコルズが、妻が彼女の結婚生活にヒントを得た小説を書くことを許したとは思われない。

シャーロットの死

シャーロットは、ほとんど食事をとることができず、すぐに吐き、嘔吐物には時には血が混じった。脱水症状と発熱も伴った。彼女は自分の死が近いことを感じ、遺言を書き替え、ニコルズを自分の財産の唯一の受け取り人に指定した。譫妄《せんもう》状態の中で、彼女はしきりに食物と刺激物を欲しがった。突然正気に戻ったとき、彼女は傍らで祈っている夫に向かって言った。「私は死ぬんではないでしょう？　神さまは私たちを引き離しはなさらぬでしょう。こんなに幸せだったんですもの」――これが彼女の最後の言葉だった。

一八五五年三月三一日の夜、シャーロット＝ブロンテ＝ニコルズは死んだ。三八歳だった。死亡診断書には「結核」と書かれたが、彼女の死因になった病気については、妊娠に伴う激しいつわりという説のほかに、そもそも妊娠の有無が確実ではないとする説さえあって、さまざまである。

わずか一四六センチの小さな遺体は、四月四日、ハワース教会に、アン以外のブロンテ家の人々と共に埋葬された。

二五　残された人々

ギャスケル夫人は、シャーロットの晩年に彼女と知り合い、深い同情と敬愛の念を彼女に対して抱いていた。シャーロット死去の報に接したとき、ギャスケルは彼女の悲惨な人生とそのような人生から生まれた美しい人格を人々に知らしめよう、と決意した。これはブロンテ師の強い希望とも一致し、『シャーロット＝ブロンテの生涯』は、一八五七年三月、スミス－エルダー社から出版された。

シャーロットの生前には出版が実現しなかった『教授』が、ニコルズの尽力によって、同じくスミス－エルダー社から同年六月に出版された。

ブロンテ師は、シャーロットの死後六年間生きた。ニコルズは妻との約束を守り、一八六一年六月の義父の死まで、忠実に教会の義務を果たした。その後彼は故郷アイルランドのバナガーに帰って、いとこと再婚し、農業に従事した。一九〇六年一二月、ニコルズは同地で死亡した。アイルランドにはブランティ家の子孫が生存しているが、ブロンテ家は完全に絶えたのである。

II　ブロンテ姉妹の作品と思想

第一章　『ジェイン＝エア』

一　情熱と理性

ブロンテ姉妹の作品と思想を考える上で重ねてお断りしておきたいのは、彼女たちが思想家ではないことである。特にシャーロットの場合は、直感的・主観的な傾向が非常に強いから、その作品から何かまとまった思想を引き出して説明することは大変難しい。そこで、この第II部では、ブロンテ姉妹の代表作を考察していく中で、いくつかの論点を拾い上げつつ、作者の思考の流れを考えていくことにする。

実人生と作品

シャーロット＝ブロンテは、前に述べたように、一家の長姉の立場にあって、父を助け、弟妹を指導し、経済的自立のための努力をし——要するに、堅実で、むしろ保守的、自己犠牲的な一生を送った。彼女の持ち前の奔放な想像力、激しい情熱、またとりわけ社会や家庭において女性に課せられる不当な束縛を憤《いきどお》る正義感などは、彼女の実人生ではなく、もっぱら彼女の作品にはっきりと表現されることになった。

感情と理性のバランス

作者の代弁者的性格を強くもつ女主人公のジェインは、作者自身が生涯悩んだ、感情と理性との相剋の問題を担っている。ジェインは、小説の諸段階で、激情と抑制、反抗と服従、自己主張と自己規制の両極の間を揺れ動きつつ、最終的には、自己の感情や衝動に忠実でありながら一種の満ち足りた自制の境地に到るのである。これはシャーロット＝ブロンテの他の小説の女主人公たちにもすべてある程度当てはまる図式であるが、ジェインの場合は、もっとも明確な例となっている。

ヒロイン以外の人物の設定も、これと関係がある。女性人物では自己犠牲的な忍耐の化身のようなヘレン＝バーンズに対して、狂気と反抗の悪魔的な化身バーサ＝メイスン（ロチェスターの妻）が配置されている。男性人物では、激情的なロチェスターに対して、冷たく理性的なセント＝ジョンがいる。両方の場合とも、一方が人間の精神性、他方が肉体性を強く印象づける人物であり、ジェインはこれらの人物との関わりの中で、彼女自身のディレンマを解決して、精神と肉体、理性と情熱のバランスを生み出していくのである。

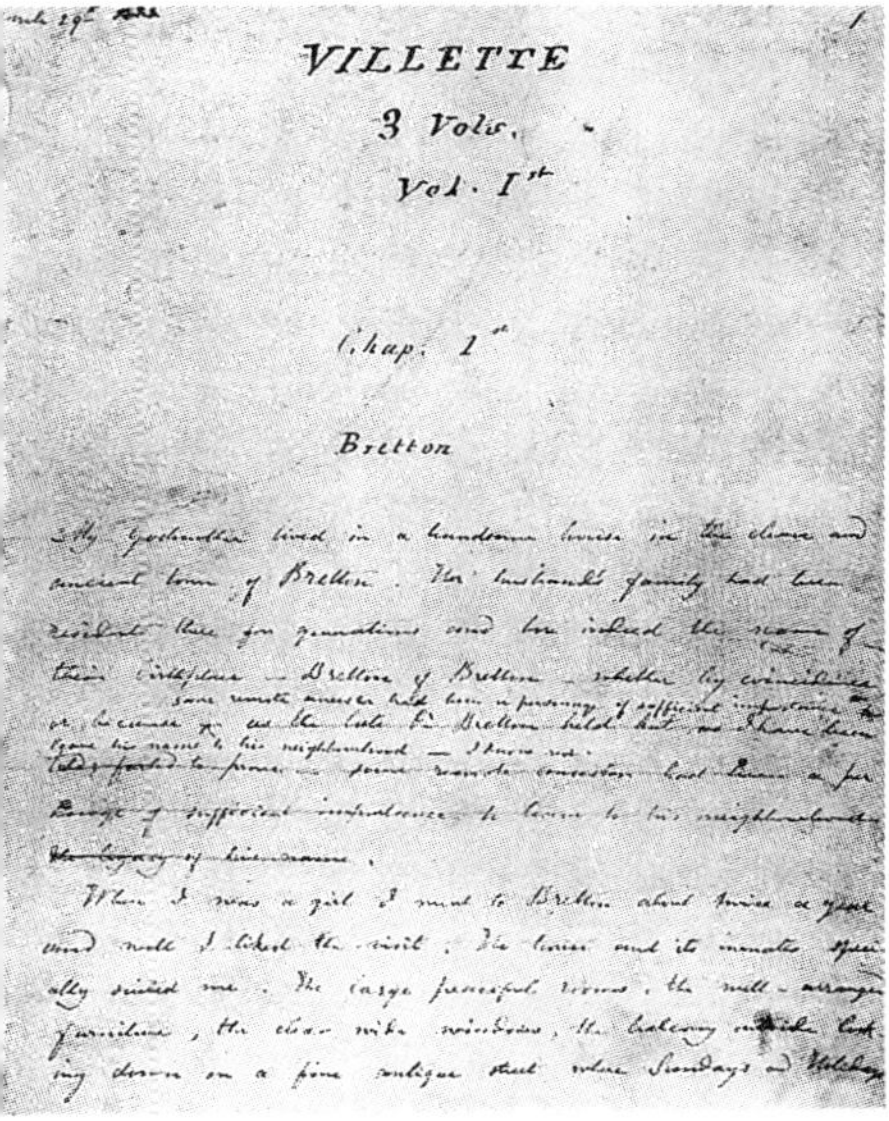
VILLETTE
3 Vols.
Vol. Ist
Chap. 1st
Bretton

シャーロット自筆の清書　『ヴィレット』の原稿

五つの舞台　『ジェイン＝エア』は、ジェインが、「門出」を意味するゲイツヘッドを出発点とし、ローウッド（低地の森）、ソーンフィールド（いばらの野）、マーシューエンド（沼地の果て）またはムアーハウス（荒野の家）を経て、ファーンディーン（遙かな木陰の谷）にたどり着くまでの五段階にわたる人生の旅の物語である。それは孤児の少女が、それぞれの場所でさまざまの苦難や誘惑に遭遇し、それらと戦い、あるいはそれらを乗り越えて、一人前の女へと成長し、愛と自立、自己実現を成就するまでの過程を、ヒロイン自身が後年回顧して一人称で語る物語である。

二　抑圧への反逆

いとこジョンへの反抗　ジェインの少女時代の二つの舞台――ゲイツヘッド館とローウッド学院――では、激しい気性をもつ孤児ジェインが、彼女に加えられる家庭内での抑圧と学校社会での抑圧にどう対処するかが主眼になっている。

ゲイツヘッド館の場面は、「その日は、散歩など、とてもできそうもなかった。」という文で始まる。一〇歳のジェインは、リード家のいとこたちより体格も体力も劣っているため、寒い戸外を歩き回るのが苦手である。だが彼女は暖かい屋内でも幸せではない。彼女は、一家の団らんの場に加わることも許されぬばかりか、一四歳のいとこのジョンから、彼の本を読んでいたことを咎められて狂暴な迫害を受ける。

「ぼくたちの本を持ち出すなんて、おまえがそんなことをしていいのか。おまえは、うちの食客《いそうろう》だって、お母さんが、そう言っていたぞ。おまえは一文なしなんだぞ。おまえの父さんは、なんにも残しちゃくれなかったんだ。乞食《こじき》するのが当然なんだ。ぼくたちみたいな紳士の子供といっしょに住んで、同じご馳走《ちそう》を食ったり、お母さんのお金で着物を着たりする柄《がら》じゃないんだ。これからぼくの本箱をかきまわしたりしたら承知しないぞ。あれは、みんなぼくの物なんだ。この家のなかの物は、みんなぼくの物なんだ。いまはそうでなくても、一、二年したら、そうなるんだ。ドアのそばへ行って立っていろ。」

……書物は飛んできてわたしにあたり、わたしは倒れてドアに頭をうちつけた。頭が切れた。血が流れ、するどい痛みを感じた。恐怖が頂点を越すと、つづいて別の感情がわき起ってきた。「意地悪！　ひどい人ね！」とわたしは言った。「あなたはまるで人殺しみたいな人だわ——奴隷《どれい》の監督みたいだわ——ローマの皇帝みたいな人だわ！」（第一章）

ジョンは一四歳だが、彼が言う通り、父亡きあとリード家の主人の位置にいる。今までいつも彼に服従してきたジェインは、今はじめて彼に反論する。そればかりか、彼女の髪の毛と肩をひっつかんだジョンに、必死でつかみかかる。言葉と肉体の両面にわたるジェインの反抗は、しかし、奴隷監督に対する奴隷の反抗のように無力でしかなかった。

リード夫人の命令により赤い部屋に監禁されることになったジェインは、召使二人の手の中でずっと暴れ続ける。小間使は「若いご主人様」をぶったジェインを咎め、彼女を「自分の力で食べたり着たりしていない」ゆえに「女中以下」だと評する。

赤い部屋での監禁

伯母のリード夫人は、ジェインが「愛想《あいそ》のよい、子供らしい性格」「不平を言わぬ快活な子」でないために、かねがね彼女を嫌い、質問や口答えすることを禁じていた。赤い部屋は、かつてジェインを可愛がっていた伯父リード氏が亡くなった部屋だ。カーテンもじゅうたんもテーブル掛けも血のように赤く、薄暗がりの中に白いベッドが厳《おごそ》かに浮かび上がっていた。この赤と白の際立つ対照は、第一章でジェインが赤いカーテンに囲まれて読書しているとき、窓ガラスの外の庭に初冬の雨が降りしきる場面にも見られたものだった。そのような色彩の対照は、ジェインの胸に燃えたぎる激情とそれを抑制する必要との葛藤《かっとう》の状況を、暗示しているといえるだろう。

ジェインの心の中に「反逆を起こした奴隷の気持」がまだたぎり立っていた。ジョンの暴力、その妹たちの高慢なよそよそしさ、母親の嫌悪、召使たちのえこひいき——それらに耐えていつも義務を果たそうと苦心してきた自分が、今激しく非難されていることに対して、「不合理だ！　不公平だ！」とジェインの理性が叫んだ。亡き伯父の出現を思い描いているうちに、一条の不思議な光が天井に揺らめき、ジェインは激情と恐怖のあまり失神する。

伯母との対決

ジェインは、彼女のことを「女中以下」と言った召使の言葉を決して忘れなかった。彼女は学校へ行こうと決心する。それは、「長い旅行と、ゲーツヘッドから完全にはなれ去ることと、新しい生活にはいること」を意味したからである（第三章）。

ローウッド学院から、「黒い柱」のようなブロックルハースト牧師がジェインの件でやって来た。リード夫人は牧師に対してジェインのことを「嘘つき」と紹介し、新生活へのジェインの希望を奪ってしまう。入学の件を取り決めて牧師が去ったあと、ジェインは真っ正面からリード夫人と対決する。彼女は勇気を奮い起こし、伯母に向かって一気に言う。「わたしは、嘘つきではありません。もしわたしが嘘つきなら、わたしはあなたを大好きだというでしょう。でもわたしは、あなたを嫌《きら》いだと、はっきり申します。……わたしは一生涯《いっしょうがい》、けっしてあなたをおば様とは呼びません。わたしが大人になったら、二度とあなたを訪ねるようなことはしません。……あなたはわたしには感情なんぞないと思っているのです。わたしなんか一かけらの愛情も好意もなくても生きていけると思っているのです。けれども、それでは生きていけません。……あなたは世間では善良な婦人として通っていますが、ほんとは悪い、薄情な人です。あなたこそ、嘘つきだわ！」（第四章）

虚偽を憎み、愛への欲求を主張するこの言葉は、一〇歳の少女の口から出たものとしては驚くべきものである。しかしもっと驚くべきは、その直後のジェインの心理の描写である。

この言葉がまだ終らぬうちから、わたしの心は、かつて味わったためしのない、不思議な自由と勝利の気持で、ふくらみ、はねあがった。目に見えぬ束縛《いましめ》がふっ切れ、思いもかけぬ自由の世界へあがき出たようであった。……しかし、このはげしい喜びも、高まっていた動悸《どうき》が静まるのと同じ早さで、静まっていった。……生きもののようにきらめき、なめつくすように燃えさかるヒースの山こそ、リード夫人を非難し脅迫したときのわたしの心にふさわしい象徴であろう。また火炎が消えた後の、まっ黒い、焼きつくされた草原の姿こそ、その後のわたしの状態――半時間の沈黙と反省の結果、自分の振舞いが気違いじみていたこと、人に嫌われ自分も嫌っているわたしの境遇のわびしさを思い知ったときの状態を、ぴったり表現するものであったろう。（第四章）

すでにこのときのジェインは、すさまじい激情による反抗のみならず、それを反省する理性を模索しつつある子どもなのである。

女性の状況への問題意識

ジョンへの反抗に始まりリード夫人との対決で終わるジェインのゲイツヘッド時代は、激情の爆発と理性による反省、監禁と気絶、またそのような状態からの解放――これらの反復のパターンとして、『ジェイン＝エア』という小説の基本構造を示している。

だが、それだけではない。家父長、または家父長的役割を帯びた人物によって課される抑圧や束縛、さらにそれへの反応としての女性の気絶というテーマは、ヴィクトリア朝の小説のヒロインたちに繰り返し表現されたものである。この意味で『ジェイン＝エア』は、一見お伽話《とぎ》のような枠組の中に、当時の女性が直面していた深刻な諸問題と、それへの問題意識をふんだんに盛り込んだ小説といえるだろう。

それにしても、親戚に寄食する「女中以下」の孤児、「奴隷」のような服従を要求される少女のあからさまな怒りと反抗の言動は、当時の小説に類を見ぬものだった。それは、成長後のジェインの激しい発言と共に、この作品の出版当時、熱狂的な賞讃に混じって、それを「反キリスト教的」「過激」「危険」と見なす書評がいくつか現れる原因となったのである。

三　宗教と人間性の接点

宗教による抑圧

ローウッド学院は、その名の通り、木々がうっそうと茂る低い谷間に位置するプロテスタントの慈善学院だった。校庭は「あたりのどのような景色も見えないくらい高い塀で囲まれ」「修道院に似て」いた。ジェインがそこで出会う試練は、飢えと寒さのほかに、ローウッドの「家父長」ブロックルハースト牧師が皆の前でジェインに着せた「嘘つき」という汚名、人間の「自然」を否定し、生まれつきの縮れ毛さえも虚飾と見なして刈り取ることを命じるような加虐的な宗教教育だった。厳酷で抑圧的で、おまけに偽善的なブロックルハーストは、宗教のもっとも否定的な側面の代表者として書かれ、ブロンテ一家、そしてシャーロットが、極端な福音主義やカルヴィニズムに対して抱いていた批判を感じさせる。

ローウッドでの試練は、ゲイツヘッドでジェインが受けた抑圧に似ていた。しかしここでは、ジェイン一人が虐《しいた》げられたわけではない。しかも彼女はゲイツヘッドでは望めなかった良き友を得ることができ、孤立感に陥らずにすんだ。ジェインは懸命に努力して優秀な成果を収める。

教育による解放

ブロンテ姉妹が、そしてヴィクトリア朝の中産階級の多くの女性が、経済的自立の必要に迫られて学校教育を受けたように、ジェインも、ローウッド学院での八年間の努力の末、「正則英国教育の普通科目並びにフランス語、図画、音楽の教授資格」を獲得する。教育こそが、ジェインを、ゲイツヘッドでの屈辱的な居候《いそうろう》の立場から決定的に脱け出させる有効な手段だったのだ。彼女は今や「女中以下」でも、「奴隷」のようでもなく、将来の自立への可能性を手に入れたのである。

人間的成長

しかし、ジェインにとってのローウッド時代の意義は、知的成果以上に、彼女の人間性に与えられた影響にあった。敬虔な信仰と愛を象徴する名前をもつマリア＝テンプル先生は、不潔な食事が食べられなくて空腹に悩む生徒たちにパンとチーズを与えるのみならず、特に失意のジェインと病気のヘレンを自室に呼んで、暖かい火とケーキでもてなし、優しく抱きしめる。彼女はまたジェインを信じ、彼女の汚名を晴らしてくれた。他方、天国への燃えるような憧憬を表す名前の持ち主ヘレン＝バーンズは、ジェインの孤独を慰めてくれた。彼女らのおかげでジェインは肉体に力を得、心の重荷を除かれ、苦難に耐える勇気を得る。「わたしはもはや、いろいろな不自由にもかかわらず、ゲーツヘッドや、そこでのぜいたくな生活とローウッドとをとり替えたいとは思わなかった。」（第八章）

忍耐と許し

ローウッドで、ジェインがヘレンから学ぶ第一のものは、忍耐と許しの教義である。ヘレンはスキャッチャード先生の不当な折檻《せっかん》をじっと耐え、ジェインに「憎しみにうち勝つ最上のものは暴力ではない。また傷を癒《いや》す最良のものは復讐《ふくしゅう》ではない」こと、「汝らの敵を愛せよ」というキリストの言葉を手本にすべきことをさとす。すぐにはその教えに納得できないジェインだったが、後年リード夫人の臨終に際し、ゲイツヘッドに彼女を見舞ったとき、ジェインはヘレンを思い出し、夫人を許すことができる（第二一章）。

愛への希求

ヘレンの教えの第二のものは、次の対話に示されている。ブロックルハーストから皆の前で「嘘つき」の汚名を着せられ、絶望に打ちひしがれているジェインに向かって、ヘレンはこう言う。

「もし全世界の人が、あなたを憎み、あなたを悪人だと信じたとしても、あなたの良心が、あなたの正しいことを証明し、無罪を言い渡すのだったら、あなたは味方がないわけではないことよ」
「わたしも、自分が正しいと信じなければいけないことはわかっているの。だけど、それだけでは足りないわ。もし、ほかの人が私を愛してくれないのなら、わたしは死んだ方がましだわ……ねえ、ヘレン、わたし、あなたか、テンプル先生か、ほかの誰でもいい、わたしのほんとうに好きな人の真実の愛情を得るためだったら、自分の腕の骨を折られても、喜んで我慢するわ。……」
「ちょっと待って、ジェーン！　あなたは人間の愛を、あまり重大に考えすぎているわ。あまりに一途《いちず》すぎるわ。……この世界や人間のほかに、目に見えぬ世界、霊魂の王国があるのよ。……そして、そのような霊魂がわたしたちを見守っていてくれるのよ。……天使はわたしたちの苦しみを見守っていて、わたしたちの潔白を認めて下さるのよ。……そして神様は、わたしたちに十分なごほうびを下さるために、わたしたちの魂が肉体からはなれるのを待っていらっしゃるのよ。どうして、永遠に苦悩にうち負かされて悲しみつづけるなどということがありうるでしょう？　生命は、かくもすみやかに終り、死は、幸福への――栄光への門であることが、かくも明白にわかっているときに」（第八章）
ジェインは「神様ってどこにいらっしゃるの？　どんなものなの？」ときかずにはいられない。

彼女はヘレンの徹底的なキリスト教的諦感《ていかん》に、完全に同感することはできなかった。彼女は、ヘレンと違って、現世での努力と成果を断念することはできない。人間の愛への希求、現世で愛し愛されることへの燃えるような願望、彼女の正しさを人が認め評価してくれることへの欲求を、自分の心から消し去ることはできないのだ。ヘレンは徹底的な自己犠牲の結果夭折《ようせつ》してしまうが、ジェインは苦難を乗り越えてあくまでこの世で生き抜かねばならぬのである。しかし、この世での生に対する二人の根本的な姿勢の相違にもかかわらず、ジェインは、ヘレンの右の言葉から、自己の良心の尊重と自己抑制の必要を学びとる。のちにジェインがロチェスターのもとを去る決意をしたとき、彼女の指針は、自己の良心と誇りを尊重し、激情を抑えることであった（第二七章）。

静かなる反抗

他方、テンプル先生は、圧制的なブロックルハースト校長から生徒たちを守ろうと努力する。食べられないほどひどい朝食の埋め合わせに、テンプル先生が自らの責任において生徒たちにチーズつきパンを支給したこと――つまりブロックルハーストに言わせれば、「生徒たちの卑《いや》しい肉体を養って、彼女らの不滅の霊魂を飢えさせたこと」――を咎められたとき、テンプル先生は、「まっすぐ前方を見つめ、大理石のような生来の青白い顔は、ほんものの石の冷たさと確固たる感じを呈してきたように思われた。ことに、その口は、それを開くには彫刻家ののみによるほかはないかのように、きゅっと締まり、額は、だんだん化石のように峻《しゅん》厳《げん》になってきた。」（第七章）

「黒い柱」ブロックルハーストによる圧制のもと、それへの反抗の過程の中で、テンプル先生でさえ、「青白い柱」に化さねばならなかった。怒りという熱い感情を抑えつつ、有効な反抗を実らせることは、人間には至難の業なのだ。テンプル先生がブロックルハーストの苛酷《かこく》な教育方針に対して沈黙のうちに反抗する態度は、ゲイツヘッドにおけるジェインの反抗と対照的である。「テンプル先生は、いつも、どことなく晴れ晴れとした落着きを見せ、態度には威厳があり、話し方には、熱したり、興奮したり、はげしい調子におちいるのを抑えている洗練された何かがあった」（第八章）。しかし、ジェインはテンプル先生とは違う。激しい感情をもつジェインが、女性や孤児に対する偏見や束縛と戦いながら、しかも「青白い柱」に化すことなく生き抜いていくためには、どうしたらよいのだろうか。

「新しい奉仕」を求めて

ヘレンとテンプル先生から得たものを生かして、ジェインはローウッドで優秀な教師となった。一八歳になった彼女は、ゲイツヘッド時代の激情を失ったかのように落ち着いて見えた。「わたしは義務と秩序に忠実であった。……自分が満ち足りていると信じ、人の目にも、おおむね自分の目にさえも、修業を積んだ従順な人間と映った。」（第一〇章）

だが、ジェインの本質は変わっていなかった。テンプル先生が結婚してローウッドを去ったあと、ジェインは「生れながらの自分のなかにとり残された」。彼女は窓へ近寄り、それを開けて戸外を見た。岩やヒースのある山の境界線のこちら側は、今や「牢獄《ろうごく》の庭」か「流刑地《るけいち》」のように感じられた。

わたしは、一つの山のふもとをまわって山峡《やまかい》のあいだに消え入っている白い道を目でたどって行った。どんなに、その道を、はるか遠くまで、たどって行きたいと思ったことであろう。……わたしは八年間のきまりきった日課に、わずか半日で飽いてしまったのだ。わたしは自由を渇望《かつぼう》した。自由を求めてあえいだ。自由のために祈ったのである。でも、それは、そのとき微《かす》かに吹いていた風に、吹き散らされてしまったように思われた。わたしは、それをあきらめ――変化と刺激を求めて、ある慎ましい願いを心に描いた。だがこの願いもまた茫漠《ぼうばく》とした空間へ吹き払われてしまったようである。（では）とわたしは、なかば絶望して叫んだ。（せめて新しい奉仕を与えたまえ！）（第一〇章）

人間的信仰への道

『ジェイン＝エア』には、ブロックルハースト、ヘレン、テンプルのほかに、セント＝ジョンやイライザ＝リードら、宗教的な人物が多く登場するが、ヘレンとテンプル以外はすべて、多かれ少なかれ否定的に書かれている。ヘレンでさえ、全面的にジェインの共感を得るわけではないし、テンプル先生の影響力さえ、一時的なものである。ジェインは、彼らとの関わりの中で、それぞれの宗教的な考え方を学んだり、あるいは批判したりしつつ、神意に基づくというよりは、むしろ人間の心の欲求に基づき、同時に神意にもかなう道徳的な立場を、自ら模索して進んでいく。

ジェインに与えられる「新しい奉仕」の場――ソーンフィールド――こそ、彼女が生まれながらの自分の本質（人間性の自然）を生かしつつ、ローウッドで学んだものとどう調和させていくかの重要な舞台となる。

四　人間性の自然

女性解放への叫び

ジェインは新しい世界への期待に満ちて、ソーンフィールド邸に、家庭教師として赴任した。年俸三〇ポンドは、作者シャーロットの家庭教師時代のそれ――二〇ポンド――よりはるかに高給であり、優しく上品な家政婦フェアファックス夫人や可愛い教え子アデールに囲まれて、平和で楽しい日々が始まった。家庭教師のジェインが偏見や軽蔑を受けるのは、ソーンフィールド邸を訪れる客たちによってだけである。「環境は若い心に大きな影響を持っている。人生の、より美しい時代――とげや苦しみとともに、花々や、喜びもある時代が、わたしにも、はじまりつつあるとわたしは思った。」たしかに、ジェインの青春が花咲くことになるこのソーンフィールド時代は、誘惑のとげ（ソーン）に満ちた時期でもある。三階建ての宏壮な邸の回りには、多くの古いソーンツリー（さんざし）が植えられていた。

やがて「生まれつき落ち着きのない」ジェインは、「青ひげ城」のような陰気な邸における平穏な生活に、物足りなさを覚えるようになる。そんなとき、唯一の救いは、三階の廊下を歩き回って、幻想物語に心の耳を澄ますことだった。——ブロンテ姉妹が閉塞《へいそく》的な牧師館の生活の中で、アングリアやゴンダルの夢に自由への欲求を託したように。

　人は平穏な生活に満足すべきである、と言ってみたところで、無益な話である。人間は活動を持っていなければならない。もしそれを見つけ出せなかったら、自分で作り出すにちがいない。何百万の人が、わたしよりも、もっと穏やかな運命の下にあり、しかも何百万のものが、その運命に無言の反抗をつづけているのである。政治的な反逆のほかに、いかに多くの反逆が地上の無数の生活のなかでたぎりたっているか、誰もそれを知らない。婦人は、きわめておとなしいものと一般に考えられている。けれども、婦人もまた男子とまったく同じように感じ、その兄弟たちが必要とするのと同じように、自分たちの才能を働かすことを、その努力を発揮する分野を、必要としているのだ。男たちとまったく同じように、あまりに強すぎる束縛、あまりにも果てしのない沈滞に苦しんでいるのだ。女性は、プディングをこしらえたり、長靴下《ながくつした》を編んだり、ピアノを弾いたり、袋の縁を縫ったりするために、じっと家のなかに閉じこもっているべきであるというのは、より特権的な立場にある男性の心が偏狭《へんきょう》であるからである。もしも、婦人の性にとって必要であると断定されてきた習慣よりも、もっと多くのことを行い、もっと多くのことを学ぼうと婦人たちが望むからといって、彼女たちを嘲笑《ちょうしょう》し、非難するのは、分別ある態度ではない。

（第一二章）

ジェインの独白にこもる唐突で激越な調子から、シャーロット自身の、女であるがゆえの怒りと苦悩の叫びが聞こえてくる。このようにジェインが、彼女の本性に潜《ひそ》む激情の奔騰《ほんとう》を意識するとき、そのたびごとに、彼女は、まるで彼女自身の情念の反映であるかのような、女の不気味な笑い声を聞いたり、その徘徊《はいかい》や襲撃の現場を目のあたりにするのである。

女性の狂気

ジェインが初めて奇妙な笑い声を耳にしたのは、ソーンフィールドに来た翌日、三階の薄暗い廊下の両側に小さな扉が並んでいるのを見て、「青ひげの城」を連想した時だった。二度目は、右に引用した部分で、女性の束縛状態に「反逆」の叫びを上げた直後のことである。このとき、ジェインはまだ、この笑い声の主が、邸の主人ロチェスターの狂気の妻バーサであることは知らない。しかし、ジェインが、ソーンフィールドの閉鎖的な生活からの解放を夢みながらうろつくその同じ三階が、狂女バーサの監禁の場所でもあることは、この二人の間の密接な関係を暗示している。

バーサは、外見的には、清楚で小柄なジェインとは対照的な存在である。大柄で肥《ふと》った彼女は、屋根裏部屋で髪ふり乱して野獣のように吼《ほ》え、這《は》い回る。その様子は、「ハイエナ」とも「怪物」とも形容される。夜中に監禁から抜け出して夫のベッドに放火したり、兄のメイスンを襲って肩の肉を噛《か》みちぎったり、ジェインとロチェスターとの結婚が間近に迫った夜、ジェインの寝室に入ってきて、花嫁衣裳のヴェールを引き裂いたりもする。

バーサは、道徳的にもジェインと対照的に描かれている。のちにロチェスターがジェインに語ったところによると、「ふしだらで有名な母親の血を引いて、大酒飲みで、同時に淫蕩《いんとう》」、そして「不節制が母親からの遺伝の精神異常の発芽を早めた」のである。

しかし、かつて赤い部屋に監禁されたときのジェインの憤激と興奮ぶりを思い出すなら、ジェイン自身の中にも、バーサに似た狂気の芽が潜んでいることを忘れてはならないだろう。だがジェインには、激情を抑える堅固な理性と道徳観念があり、それを固守する決意がある。愛するロチェスターに妻がいることを知って彼のもとを去ろうと決意したとき、彼女は自分にこう言い聞かせる。

「わたしは、自分が正気で狂ってはいないとき――いまのわたしのように――わたしが受けいれた道徳を守ろう。……それは価値あるものだ――わたしは、いつも、そう信じてきた。もしいま、それが信じられないならば、それはわたしの精神に異常があるからだ――完全に異常がある証拠だ。」

（第二七章）

バーサの狂気に関して、もう一つ注意すべきことがある。バーサは、ジェインの対照的存在というだけではなく、いくつかの点においてジェインの味方でもある。バーサがジェインの寝室に侵入したとき、ジェインには指一本触れることなく、ただ花嫁のヴェールだけを引き裂いたことは、予定されているこの危険な結婚への警告を、ジェインに対して発したとも考えられる。またバーサの笑い声や姿は、たいていジェインだけに聞こえ、ジェインだけに目撃される――まるで二人の間の秘密の交信のように。夫から「淫婦」「悪魔」と呼ばれ、一片の愛情も与えられずに監禁されている狂女に、ジェインは深く同情する。「あなたは、あの不幸な婦人に、つれなくなさいますのね。あなたは、あの方のことを、憎しみをこめて――執念深い憎悪《ぞうお》をこめて、お話しになりますのね。残酷ですわ――これでは気違いにならないわけにはいきませんわ」（第二七章）

一九世紀のイギリスでは、女性による女性の諸権利獲得のための運動が盛んになるにつれて、女性のヒステリーや神経症が多発した。これは女性の狂気の原因が、多くの場合、女性であるゆえの束縛を意識し、それから逃がれようとすることにあるという説と無関係ではない。一九世紀の英文学において、男に捨てられて発狂した女のイメージがしばしば男性作家によってロマンティックに、また感傷的に表現されていたとき、シャーロット＝ブロンテは、『ジェイン＝エア』において、この深刻な問題をなまなましく提起したのであった。

不自然な自己抑圧

ジェインの囚われの意識を打ち破り、ソーンフィールドの生活を活気と変化に富むものに一変させたのは、旅から帰った邸の主人、ロチェスターであった。チャールズ二世の寵臣で好色で有名だったロチェスター伯と同じ名をもつこの郷紳は、不可解な過去をもち、荒々しい男らしさに富むバイロニック‐ヒーローで、いわばアングリアのザモーナ公的人物だった。彼には、エジェ氏の独裁性や活力を彷彿《ほうふつ》とさせるところもある。ジェインよりも二〇歳ほど年上で、人生経験に富み、地位や財産の点でもはるかに上位にある。作者は、この男女を外的条件において広く距《へだ》てて設定することにより、二人の内的平等や内的一致の意味を強調しようとしている。

ロチェスターはジェインにとって、気まぐれではあるが、寛大で理解に富む主人だった。ジェインは初対面のときから、何度もロチェスターの危機を救うことになる。彼が凍った道の上で落馬して足を挫《くじ》いたとき、狂女の放火による寝室の火事から彼を救い出したとき、狂女が滞在中の兄メイスンを襲って重傷を負わせたときなど。特に初対面のとき、彼は北イングランドの魔物の伝説をジェインに連想させて登場し、彼女の面前で落馬し、「妖精」のような彼女に助けられる。この場面は、二人の関係のロマンティックな展開を予想させるのみならず、この雇主と女家庭教師が基本的には同質の人間であって、平等の基盤に立つ可能性をもつこと、さらにはロマンス文学の慣習とは逆に、女性が男性を助ける役割を担うことを示している。

二人の親しみが増すにつれて、ロチェスターは自分の過去をジェインに打ち明けようとさえする。彼の気さくな態度に、ジェインは窮屈な束縛感から解き放たれ、「ときには主人というよりも、むしろ自分の肉親のような感じがすることもあった。」（第一五章）。彼の性格のいくつかの欠点を知りつつも、ジェインは激しく彼に惹きつけられていく。

自らのうちに一挙に目ざめはじめた女としての性意識に、ジェインは戸惑いながら対処していく。ロチェスターからの強烈な刺激に対する彼女の反応は、まず世間的な常識によって自分の情念を抑えこむことだった。ジェインは自分に強く言い聞かせる。

結婚する意思などありそうもない目上の人から、おせじを言われるなんて、どんな女にとっても、ちっともいいことではないのだ。秘めた恋を胸に燃やすのは、すべての女のなかにある狂気の沙汰《さた》なのだ。その思いは、報いられもせず、相手に知られもしないとすれば、思いを焦《こ》がす生命すら滅ぼしつくすにちがいない。また、もしも気づかれ、報いられたとしたら、まるで鬼火のように、逃がれるすべのない泥濘《でいねい》の荒野へ、彼女たちを引きずりこむにきまっているのだ。（第一六章）

さらにジェインは、クレヨンで不器量な自分の肖像画を描き、ぞうげ紙に空想のブランシュ＝イングラム嬢の美しい肖像画を描いて、誰の目にも明らかな著しい対照を自分に納得させようと努める。このつらい試みは、ジェイン自身に言わせると、「自分の感情を無理にも克服した健全な訓練」であった。しかし、このようなマゾヒスト的な自己抑圧は、健全どころか、ジェインの本来の姿を歪《ゆが》め裏切る不自然なものであり、自己滅却の日々の末に若くして死んでいったヘレン＝バーンズの生き方に通じるものを感じさせる。

しかも女性にも男性と同様に活動の場を求め続けたはずのジェインにとって、世間的な常識、社会的な慣習観念から、ロチェスターと自分との身分の差にこだわる姿勢は、いずれ克服されねばならぬものとして構想されているであろう。

魂の平等と尊厳

　ロチェスターは、かつて父と兄が企《たくら》んだ財産目当ての政略結婚に乗せられ、バーサの性的魅力に幻惑されて、愛情もないのに彼女と結婚した。しかし彼女の精神異常が進むにつれて、西インドでの地獄のような結婚生活から逃れるために彼女をソーンフィールドに連れて来て監禁し、真に愛することのできる女性を求めてあらゆる国を放浪した。その間彼は何人もの情婦を持つ。そしてジェインの教え子であるアデールの母セリーヌとの関係について主に語った以外は、そのような過去をジェインに秘めたまま、彼女と結婚しようとする。妻の存在と自らの暗い性的体験とを内密にして、処女ジェインに言い寄るロチェスター、また自分のことは棚に上げて一方的に妻を「淫蕩《いんとう》」呼ばわりするロチェスター、そして、ジェインの心理を操るために術策を弄《ろう》するロチェスター——彼の態度には、当時の英国社会における性道徳の二重標準《ダブル・スタンダード》——性別によって分けられ、男性に対してより寛大であるように設けられた基準——と、それに対する作者の批判がはっきりと表されている。

　イングラム嬢との偽《いつわ》りの婚約をほのめかすロチェスターに対して、ジェインの強い自尊心と誇りが甦《よみがえ》る。ジェインは自分の本性に背く卑屈な自己抑圧には、長く耐え切れなかった。

　わたしは行かなくてはならないと申すのです！……わたしが、あなたにとって、なんの意味もないものとなっても、なお、ここにとどまっていられるとお考えなのですか？　わたしを、自動人形だとお考えなのですか？——感情も持たぬ機械だとお思いになるのですか？　そして、口からパン切れを奪いとられ、コップから、命の水をこぼされても、なおかつ、我慢していられるとお思いになるのですか？　わたしが貧乏で、名もない身分で、不器量で、ちっぽけな女なので、魂もなければ、愛情も持たないとお思いになるのですか？　たいへんなお考えちがいですわ！——わたしもまた、あなたと同じように魂を持ち——あなたと同じように愛情を持っているのです！　もし神様がわたしに、いくらかの美しさと、相当の財産とを、めぐんで下すっていたら、いまわたしがあなたとお別れするのをつらいと思っているように、あなたにも、わたしと別れるのをつらいと思わせることができたでしょう。わたしは、習慣とか、世間並みの方法とか、そんなものを仲介に、いいえ、この肉体の仲介を通してさえも、あなたにお話ししているのではございません。あなたの魂に話しかけているのは、わたしの魂なのです。ちょうどわたしたち二人が、お墓のなかを通って神様の足もとに立ったときと同じように、平等に——ありのままに！（第二三章）

魂と魂との平等な対話をひたすら求めるジェインは、今こそロチェスターとの外的格差を超えて、自己の本性に忠実な誇り高いジェイン、「束縛されぬ意志をもった自由な人間」になっている。このジェインは、のちにロチェスターの妻の存在を知って彼のもとを去るときのジェインの前段階にある。

母なる自然の導き

だが互いの愛を確認しロチェスターの婚約者となったジェインは、幸福感の中で大きな不安を感じずにいられない。彼はジェインをますます「妖精」扱いし、豪華な衣裳や装飾品で飾り立てようとし、懐中時計のように鎖に結びつけようとさえする。

他方、彼女自身の愛情にも大きな問題が潜んでいた。「未来の夫はわたしにとって、いまは全世界となりつつあった。いな、世界以上のもの――この世のものならぬ至上の希望とさえもなりつつあったのだ。ちょうど日食が、人間と、まばゆい太陽とのあいだをさえぎるように、彼は、わたしと、あらゆる宗教上の観念とのあいだに、立ちふさがっていた。そのころわたしは、神のおつくりになった一人の人間に心を奪われていて、神の姿を見ることができなかった――その人間はわたしの偶像になっていたのである。」（第二四章）

二人それぞれの心の中に、ジェインの理想とする対等の愛に反する要素が募っていく。その意味で、極端に考えれば、バーサの存在がなくてさえ、二人の愛は破局を迎える危険をはらんでいたといえるだろう。

バーサの存在が明らかになって結婚式が中止になり、ジェインが絶望に陥ったその夜、彼女は赤い部屋の夢を見る。子どものころのジェインを失神させたあの時の光がまた現れ、天井で揺れ動きながら、月になった。そしてその月は白い人間の姿に変わり、大空に輝きながら、ジェインの心に話しかけた。「娘よ、誘惑から逃がれなさい」そしてジェインは夢からさめて、「母よ、お言葉に従います」と答え、着のみ着のままでソーンフィールド邸から脱出する。

『ジェイン＝エア』ではたびたび、自然界の母性的な力とジェインとの間に、霊的な絆《きずな》が存在することが暗示される。例えば、ソーンフィールドから抜け出して広大なヒースの草原を一人さまようジェインは、「わたしには、宇宙の母、自然のほかには、ただ一人の血縁もない」と感じ、親を慕う心で自然によりすがり、「せめて、今宵《こよい》だけは、わたしは自然の客になれるだろう。わたしは彼女の子供なのだから。お金もとらず、無報酬で、母はわたしを泊めてくれるにちがいない」と考える。晴れわたった夜空に星が出ると、ジェインは「神が無窮であること、神が普遍の存在であること」をはっきりと実感し、ロチェスターのために祈るのである。

自然は、孤児ジェインにとって、単に母の慈愛を感じさせるだけではない。それは時として、超自然的、宗教的な意味さえ帯びる――例えば、セント＝ジョンの愛なき求婚にジェインがあわや屈しそうになるとき、どこからともなく聞こえてくるロチェスターの呼び声が、一種の超自然的な力さえ帯びているように。しかもそれは、自然のままのジェインの本性（人間性《ヒューマン・ネイチュア》＝人間の中の自然）の希求と合致し、その背後には神の存在があるのだ。

牧師の娘であるシャーロット＝ブロンテは、絶えず人間と神、そして神のつくりたもうた自然との関わり、そして人間的欲求と魂の救済の問題を探求して生きてきたが、その思考は、ジェインの生き方にまざまざと反映している。ジェインはローウッド学院で、宗教による人間性への抑圧のさまざまの様相を見てきた。この先彼女を待ち受ける試練の場においても、人間性の解放と「奉仕」とを両立調和させることへの努力こそ、ジェインの本領であるといえるだろう。

愛の呼び声

ソーンフィールドにおけるロチェスターの求婚を「結婚なき愛」、ムアーハウスにおけるセント＝ジョンの求婚を「愛なき結婚」として対比することが多いが、それと同時に、次のように考えることができよう。前述のように、ソーンフィールドにおけるジェインの試練は、神の代わりに人を崇《あが》め、偶像崇拝に堕す危険のある人間的情念であった。これに対して、次にムアーハウスのリヴァーズ家で遭遇する試練は、神の名による人間性への抑圧であった。二つの試練は対照的でありながらも、ジェインの魂の自由を束縛するという点においては共通している。「白い柱」のようなセント＝ジョン牧師は、ジェインに対して、彼女の情熱的な本性を否定して、義務と神の使命のために彼の妻になり、インドへの伝道に献身することを求める。彼も、ブロックルハーストと同様に、神の名において人間の心情を無視し抑圧する聖職者の極端な典型として示されている。

セント＝ジョンへの畏怖《いふ》のため、また彼の要求がジェインの自己犠牲的側面に合致したために、彼女の精神はがんじがらめにされ、ロチェスターに惹かれたのと同じほど強い力で、セント＝ジョンの誘いに惹かれる。

わたしは彼との戦いを放棄しようとする誘惑――彼の意志の激流に身をまかせ、彼の生涯の深淵《しんえん》に落ちこみ、わたし自身の意志を捨てようとする誘惑を感じた。以前、別の形で、別の人によって経験させせられたときと同様、わたしは彼のために、ほとんど動きがとれないほど押えつけられてしまった。二度ともわたしは愚かだった。あのとき屈服していたならば、信念を守れぬ誤りを犯すことになっただろう。いま屈服すれば、それは判断をあやまる過失を犯すことになる。

（第三五章）

この危機に際してジェインがしたことは、「わたしの行く道をお示しください！」と天に訴えることだった。その瞬間、電撃に似た一種の感動がジェインの全身を貫《つらぬ》き、どこかで「ジェイン！ジェイン！ ジェイン！」と呼ぶ声が聞こえた。その途端走り出たジェインは、引きとめようとするセント＝ジョンの手をふり払う。「こんどはわたしが主役を演ずる番であった。わたしの力が登場し、活躍をはじめた」こうしてジェインは、ここでもまた「束縛されぬ意志をもった自由な人間」として、セント＝ジョンの誘惑を斥《しりぞ》けることができた。

ジェインの心中で激しく戦う二つの力――人間的情念と、神意にかなう「奉仕」への意志――は、今や解決の時を迎えようとしている。ジェインは何の迷いもなく、ロチェスターを求めて、ムアーハウスを後にする。

やがてロチェスターと再会したジェインは、彼の呼び声が聞こえたときに思わず発した「どこにいらっしゃるのですか？」という彼女の叫びを、同じとき、彼がはるかファーンディーンで聞いたことを知る。愛し合い求め合う二人の恋人の間に交わされたテレパシーのような超自然的現象は、単に幸せな結末に向けての便宜的手法ではない。それはジェインの言葉を借りれば、「大自然のなす術《わざ》だ。大自然が立ちあがって――奇跡ではない――その妙技を見せてくれたのだ。」それは人間の心情の呼び声であり、自然の不思議な術《わざ》であり、またジェインの祈りに対する天の答えでもあった。

かつて子どものころ、シャーロットは父の問いに対して、世界で最上の本は「聖書」、その次に良い本は「自然の書」と答えた。彼女はまた長い間の読書体験で、ロマン派の詩人たちの汎神論的な自然観から強い影響を受けてきた。こうして『ジェイン＝エア』では、「自然《ネイチュア》」「自然の《ナチュラル》」という語は、繰り返し、積極的な道徳性を帯びて用いられている。シャーロットは、今ジェインの愛の選択の最終段階において、神意と人間性と自然とを一つに結びつけようと試みたのである。

鋭い社会批判

ロチェスターとバーサの夫婦生活、またロチェスターとジェインとの関係の設定には、作者の鋭い社会批判が含まれている。すなわち、当時の中産階級には、愛のない財産目当ての結婚が多く、ロチェスターとバーサの悲惨な結婚生活にその一端が描き出されている。また当時の英国の法律では、たとえ狂妻でも生存中はその結婚は無効とはされず、したがってロチェスターは、ジェインと結婚しようとすれば、重婚の罪を犯すことになる。彼を強く愛しながらも彼のもとを去るジェインは、彼女が男女を問わず平等と信じる性道徳を、自らも守り、愛するロチェスターにも守らせようとした。当時、上流・中産階級の男性にまだ多かった蓄妾、重婚、不貞行為など性道徳の乱れに対する爽やかな警鐘といえるだろう。

五　女性の愛と自立の成就

結末の意味

ジェインはまっしぐらにソーンフィールドに向かう。だがロチェスターの肉欲の館、誘惑のとげに満ちたソーンフィールド邸は廃墟となり、狂女バーサは焼死していた。ジェインは、「遙かな木陰の谷」ファーンディーンで、ロチェスターを探し当て、彼と結ばれる。

この結末には多くの問題点が指摘されてきた。ソーンフィールドの火事は、バーサを消し、ロチェスターの汚れた過去を象徴的に清め去る手段として納得するとしても、ロチェスターを盲目にする必然性はあるのだろうか。それにジェインが莫大な遺産を手に入れる経緯も、あまりに偶発的ではなかろうか、と。

私たちはここに、ヴィクトリア朝女性作家としてのシャーロット＝ブロンテの苦悩を見るべきであろう。彼女は、さまざまの制約や束縛の中で筆を執り、男性的筆名の陰にかくれて、女性の発言を文学化しようとした。いくつかの偶発的事件に依存する、強引とも、メロドラマティックとも思われるこの結末は、せめて文学作品の中だけでも、男女の真に平等な関係を実現させることがいかに困難であるかを物語っている。

ソーンフィールドにおけるロチェスターは、貧しい家庭教師にすぎぬジェインの人間的価値を評価して彼女を愛しながらも、実は男性として身心共に優位に立ち、自分の力を誇ってきた。ジェインの拒否に遇《あ》ったときは、暴力に訴えようとしたことさえあった。彼はジェインに去られ、目が見えなくなってはじめて、謙虚に悔い改め、神に祈ることを知った。二人の結婚を可能にしたのは、結末における外面的解決のみならず、ジェインとロチェスターの人間性の内面的成長である。

平等な「奉仕」

初対面のとき以来、ジェインは繰り返しロチェスターの苦況を救ってきた。今作者は、二人の愛のゴールにおいて、今度こそ文字通り「平等」の立場で、ジェインにロチェスターへの愛の「奉仕」——神意にもかなう「奉仕」——をさせようとしているのだ。もはや雇われ家庭教師ではなく、遺産を得て「わたし自身の女主人」となったジェイン、そして他方は、豪壮な邸と健全な肉体までも失って人に頼らねば生きていけなくなったロチェスター。ジェインが言うように、「昔、あなたが与え手であり保護者であること以外の立場を軽蔑《けいべつ》して、毅然《きぜん》として独立の状態にいらしった時代よりも、わたしが、ほんとうに、あなたのお役に立つことのできるいまの方が、より強く、あなたを愛しています」（第三七章）

人里遠く離れた「平日の教会」のように淋《さび》しく静かなファーンディーン、そのうっそうと茂る木陰の自然の中で、二人の結婚生活は営まれ、やがてロチェスターは半ば視力を回復し、かつての彼の大きな黒く輝く眼は子どもに受け継がれた。ここには文字通り、人間と自然と神意が共存するシャーロット＝ブロンテの文学の世界がある。

女性の発言

ヴィクトリア朝という時代は、この本の冒頭で述べたように、慣習や形式にこだわる保守的な時代だった。特に法律や社会制度、社会通念などの面で男女差別が甚《はなは》だしく、女性には性欲の存在さえ認められず、女性の側から恋愛感情を表白するなどは慎《つつし》みのないこととされていた。文学作品でも、性に関する直接的表現はタブーとなっていた。

そのような風潮の中にあって、シャーロット＝ブロンテは、彼女自身と同じく「貧乏で、名もない身分で、不器量で、ちっぽけな」ジェインを通して、外面と性別に関わらぬ人間の魂の尊厳を訴えた。女性の社会的・経済的自立、教育の必要、情熱の権利、抑圧への反抗、社会的慣習への挑戦、さらに性愛における男女の平等を、高らかに叫び実践する一人の女性を、英文学史上はじめて輝かしく描き出したのである。その表現は決して無味乾燥な絶叫調ではなく、強烈なロマンティシズムと、時には濃厚な性感情さえ息づくものである。

『ジェイン＝エア』には「自伝」という副題がついている。これは、当時の自伝小説の流行にあやかろうとした出版社の戦略であり、作者もそれに同意したのであった。この意味深長な副題は、カラ＝ベル編という男性的編者名に隠れながらも、ジェイン＝エアという名の女主人公自身が執筆したことを暗示している。これこそ、女性による女性自身の文学の一つの金字塔といえるであろう。

第二章　『嵐が丘』と詩

一　語りのヴェール

実人生と作品

エミリ＝ブロンテについては、筆まめなシャーロットと違って、伝記的資料がごく僅《わず》かしか残っていない。二通の手紙、アンといっしょに書いた日記の断片四つだけが彼女の手になるものである。交際を好まなかったエミリについては、詳しい記憶を語る人も少なく、多くはシャーロット、あるいはシャーロットの友人知己を通しての印象か、ギャスケルによるシャーロットの伝記における記述しか残っていない。彼女の実像は、その作品と同様、謎めいている。

エミリの作品を読む上で、参考になることをいくつか挙げてみよう。エレン＝ナッシーが初めてハワースを訪ねたとき、屋内ではひどく打ち解けぬエミリが、荒野では別人のように喜々として、幼児さながら水中のおたまじゃくしと戯《たわむ》れる姿に強い印象を受けた。大柄なエミリはまた猛犬キーパーと共に荒野を大股で歩き回り、時にはピストルの射撃を行い、「少佐」という渾名《あだな》を付けられ

『嵐が丘』のモデルとされている農家

ていたことも伝えられている。この剛毅で活発な自然児としてのエミリの魂が、『嵐が丘』には遺憾《いかん》なく発揮されている。ロウ－ヘッド校を早々に退学して帰郷したエミリを、シャーロットは、「自由こそ、エミリの鼻孔を通う息吹《いぶき》であり、それがなくては彼女は死んでしまうのだった」と評した。自由への渇望――これも重要な鍵である。

エミリは、シャーロットに比べて、学校教育や就職の期間もごく短かかったから、牧師館に留まって大量に読書した。「ブラックウッズ－マガジン」掲載のゴシック小説、バイロンとシェリーの詩、スコットの小説や詩などを特に好み、これらの影響が作品には色濃く現れている。

かつてエジェ氏はエミリを評して「彼女は男に――偉大な航海者に――なるべきだった」と評し、シャーロットは、『嵐が丘、アグネス＝グレイ』（一八五〇年）に付した「略伝」において、「男よりも強く、子どもよりも単純に、彼女の気性は一人立っていた」と述べた。エミリの『嵐が丘』にしても、詩作品にしても、シャーロットは、「女性が普通書くもの」とは違っていると考えていたふしがある。実際、女性文学の到来の時代といわれながらも、女性作家の主題と用語には厳しい制限があったから、『嵐が丘』は良い意味でも、悪い意味でも、「女らしくない」作品と考えられたことも不思議ではない。

しかし、一見男性的と思われる性格のエミリではあるが、その人生はシャーロットと違って、荒野の散策や教会での礼拝以外は家庭内に閉じこもってもっぱら家事にいそしみ、生前に文学的名声を享受することもなかった。その意味で、エミリこそ、一九世紀英国女性の典型的な生き方をしたといえるかもしれないのだ。

「女らしくない天才」――現在でも、これが一般にエミリに与えられる評価であろう。だが私たちは、今一度考えるべきではなかろうか。この讃辞の中に、「女性の才能の限界」という先入観が潜在しているのではなかろうか、と。エミリ＝ブロンテの作品こそ、女性の才能の素晴らしさを確証したものにほかならないのではないか、と。私たちは、エミリ＝ブロンテの――当時の社会通念からすれば――「女らしい」実人生と、「女らしくない」作品との関係を、どう考えたらよいのだろうか。

複数の声

「一八〇一年
僕《ぼく》は今しがた、こんど借りた家の家主をたずねて、帰ってきた――これからの僕がかかりあいになるたった一人の隣人を。まったくここはすてきな田舎だと思う。」（第一章）

『嵐が丘』は、ロンドンからこの地方に移り住むことになったロックウッドという紳士の一人称の語りによって始まる。だが彼はこの小説の主人公ではない。そしてやがてロックウッドと家主ヒースクリフとの、また嵐が丘の人々との対話が紹介される。ロックウッドは、かつての自分の海浜でのロマンス——彼のお上品振りのせいで実らなかった——の思い出を語るが、それはやがて読者が知ることになるキャサリンとヒースクリフの激しい愛と対比される仕組みである。またロックウッドは、嵐が丘に関し、またそこの人々に関して、次々に思い違いをする。それらを通して、読者は、ロックウッドと彼ら、特にヒースクリフとは、感情も、言葉遣いも、態度も、そして生き方も、まったく違うことを感じる。

第四章からは、アーンショオ、リントンの両家に勤めた家政婦ネリーが、この小説の大部分をカヴァーする語り手となり、それをロックウッドがそのまま読者に伝える二重枠の形式となる。内枠のネリーの語りの中に、さらに他の人物の一人称による語りが含まれる部分があり、またロックウッドが自分の声で語る外枠だけの部分も時々混じる。そしてたまたま同一の事柄を複数の人物が語る場合、読者は語り手ごとに解釈の微妙なずれを感じる。

『嵐が丘』の語りの手法は、『ジェイン＝エア』と対照的だ。『ジェイン＝エア』では、女主人公ジェインが語り手として自分の体験や感情を一人称で語るので、視野は狭いが主観的な効果が生まれ、読者はもっぱらジェインの運命に関心を集中する。それに対して、さまざまの声がそれぞれ一人称で語る『嵐が丘』の手法は、間接性、あいまい性と同時に、客観性を獲得するのである。

主要な二人の語り手であるロックウッドとネリーは、性が違うのみならず、非常に異質の人物であるが、それぞれに小説の中で起こる出来事を、そのつど自分なりに解釈しようとし、読者もまた彼らの声に反応しながら、彼らの解釈の努力に自分なりに加わろうとする。

特に、ヒースクリフという人物については、各人物がそれぞれ非常に違う解釈をするのみでなく、ロックウッドもネリーも、イザベラも、その時々に自分のヒースクリフ観を変えるのである。

多くの異なる声による異なる見解の提示は、結末まで続く。冒頭では、キャサリンの幽霊はロックウッド一人が夢に見たものにすぎなかった。だが、結末では、ヒースクリフとキャサリンの幽霊に荒野で出会った何人もの人物が、別々に証言をする。幽霊を信じないというネリーさえ、嵐が丘の邸に住むのを怖がるようになる。最後は、彼らの墓を訪れたロックウッドの「この静かな大地の下に眠るひとびとの夢が安らかでないとは、はたして誰が想像するのだろうかと、いぶからずにはいられなかった」という、極めてあいまいな感想の表現で結ばれるのである。

他方エミリの詩においても、多くの場合彼女自身のものと思われる感情や思想が、ゴンダルのいろいろな人物の言葉によって表現されていることを考え合わせよう。すると、『嵐が丘』において、複雑でユニークな語りの手法を彼女が用いた理由は、エミリ＝ブロンテ（エリス＝ベル）というきわめて内向的な女性作家（詩人）の特質とも深い関係があるに違いない、と思われてくる。

二　女性の壁を突き抜ける

両性連帯による反抗

嵐が丘に泊ることになったロックウッドは、樫《かし》の箱のような奇妙な寝床のある寝室に案内され、そこでキャサリン＝アーンショオという今は亡き少女が、四半世紀ほど前に本の余白に書き込んだ日記文を読む。これは物理的にも、語りの構造上も、二重三重の枠組の内奥から発せられる声なき声ともいうべきものだ。文字による記録は、語り手のパーソナリティによる色付けや歪曲を受ける恐れがないから、これはキャサリンとヒースクリフの本来の姿や関係を読者が知るために、唯一の貴重な一次資料といえる。

「つまらない日曜日」という言葉で日記は始まる。「お父さまが帰ってきて下さったら、どんなにいいだろう。ヒンドリー兄さんなんて大きらいな人がお父さまの代りしてるんですもの――ヒースクリフへのしうちはほんとにひどいわ――Hとあたしとで謀反《むほん》を起こすことにした――あたしたちは今晩その第一歩を踏み出した。」（第三章）

キャサリンの日記は、子どものころの彼女とヒースクリフとの関係がどのようなものだったかを述べている。老アーンショオの死後、ヒンドリが嵐が丘の主人となり、ヒースクリフとキャサリンを迫害する。ヒンドリとその妻が「炉辺の天国」でいちゃついている間、ヒースクリフとキャサリンは、ヒンドリの命令により、凍えるような屋根裏部屋で、下男ジョウゼフの長い長いお説教を聞かされる。そのあと二人が前掛けをつなぎ合わせて二人だけの世界を作ろうとしても、ジョウゼフに追い立てられて宗教書を読まされる。キャサリンとヒースクリフの反抗は、宗教書を蹴とばし、犬小屋へ投げ込み、裏部屋での監禁から抜け出して、雨の中で沼地を自由に飛びまわることだった。ヒンドリによるヒースクリフへの折檻が行われる。ここで日記が途切れる。

暴君ヒンドリによる家庭内での抑圧と、厳格でカルヴィニスト的なジョウゼフによる宗教的抑圧、そしてそれらへの反抗とそれらからの脱出――『ジェイン＝エア』とよく似たパターンだ。しかし根本的な違いは、『嵐が丘』における反抗が、男女二人の子どもの強い結び付きによるものであることだ。

キャサリンは大農家の娘、ヒースクリフは浮浪児で召使同然の少年――二人の間には、性別のほかに、社会的階級差が存在する。だが二人の意識には、そんな境界は存在しない。なぜなら、キャサリンは女の子であるゆえに、兄をさしおいて財産を相続する権利を持たぬから、兄のヒンドリと違って、よそ者のヒースクリフを差別意識なく受け入れることができる。家父長制の辺境にある女性にとって、家父長制の外にいる男性は、解放者としての役割を果たすことができるのだ。キャサリンは抑圧的な家庭の中にあって、ヒースクリフと共にいるときのみ、彼女の本来の強さを発揮し、自由を見出すことができる。

時代への挑戦

少女と少年の連帯による反抗は、野性的な少女の日記文を、都会的・常識的な男性ロックウッドが伝えるという形で読者に示される。ロックウッドは暗号のように難解なキャサリンの日記の筆跡だけでなく、奇妙な女の名前の落書きを判読しようとしているうちに、現実か夢か定かならぬ境地でキャサリンの幽霊と出会う。こうして読者もまたロックウッドと共に、女の名前と女の日記に暗示される『嵐が丘』の核心の世界に導き入れられていく。

窓わくの出張り板のペンキに掻《か》き傷を付けて、キャサリン＝アーンショオ、キャサリン＝ヒースクリフ、キャサリン＝リントンと、ただ一つの名の変化形がさまざまの字体で書き付けられていたのである。読者もロックウッドと同じように、キャサリンという名前の変化の意味を物語の中で解読していかねばならない。

一代目キャサリンは、キャサリン＝アーンショオとして生まれ、キャサリン＝リントンとして死ぬ。彼女は、彼女自身がもっとも強く望んだキャサリン＝ヒースクリフの名と立場を、現世では得ることができなかった。それはヒースクリフの妻になることではなく、キャサリン自身がヒースクリフであるという、二人の一体性を貫くことができない、という意味である。これに対して二代目のキャシーは、キャサリン＝リントンとして生まれ、結婚によってキャサリン＝ヒースクリフとなり、結末ではキャサリン＝アーンショオになる。二人のキャサリンの、女性であるがゆえの名前の変化――夫の一家への従属――、その類似と相違こそ、『嵐が丘』という小説の基本パターンをなしているのだ。

一八～一九世紀の小説、特に女性作家による小説では、ヒロインが、自分の好みに合い、社会的にも容認される夫をいかに選ぶかが主題になることが多かった。キャサリンは、エドガー＝リントンを夫として選ぶとき、まさにそのような慣習的な基準ややり方を踏襲したのである。しかし、この小説では、そういう結婚は、予想されるべき幸福な結末には繫《つな》がらない。ヒースクリフの帰還によって、そのような結婚がいかに不満足なものであるかが暴露される。

その意味において『嵐が丘』は、一八～一九世紀の女性の人生や結婚の実態、さらには文学の慣習的形式にまで根本的な疑問を突きつけ、時代に挑戦しているのである。

しかも、社会的なさまざまの制約と衝突しながらも貫かれるキャサリンとヒースクリフの一体的な絆《きずな》の強調は、性別の壁を突き抜けた境地への作者の志向を表現しているといえるだろう。

三　独自の天国観

二つの天国

アーンショオ家は独立自営農で、原始的な粗野な生活を営み、リントン家はジェントルマン階層に属する治安判事の家柄で、優美で文化的な生活をしている。両家の建物や環境は、両家の人々と同様、まったく対照的である。

キャサリンの日記と同趣旨のことが、第六章では、今度はヒースクリフのリントン家観察報告としてネリーに語られ、それがネリーによって伝えられる。キャサリンとヒースクリフは、家から抜け出して荒野で遊び、ヒンドリから折檻されるという生活の中で野蛮に育っていくが、ある日二人はスラッシュクロス邸のリントン家をのぞきに出かける。「天国」のように美しい豪華な客間で、リントン兄妹のエドガーとイザベラが、小犬を奪い合って喧嘩していた。ヒースクリフは、「ぼくは千べん生まれ変わったって、ここの家のぼくの境遇と、スラッシュクロス屋敷のエドガー・リントンの境遇とを入れ代ろうとは思わないね」とネリーに語る（第六章）。彼にとって、アーンショオ家における虐待や束縛のもとでさえ、土に親しむ労働と、キャサリンと共に荒野で遊ぶ生活の方が、安楽なリントン家の天国よりもはるかに好ましかった。

これは、ヒンドリの「炉辺の天国」を批判したキャサリンの言葉や、彼女がキリスト教的な天国を嫌い、嵐が丘に帰りたくて泣いたという夢の話（第九章）と同種の、この小説に繰り返し現れる重要な隠喩である。それらは、この二人の子どもが、一般に受け入れられリントン家に代表されている天国――お上品な家庭的慰安や自己満足を主調とするヴィクトリア朝的楽園――よりも、彼ら自身の価値観による天国を好んだことを示している。

リントン家での滞在中に、見違えるほどお上品になったキャサリンは、ヒースクリフと自分と二人だけの天国よりも、リントン家風の天国を好むレディに変わっていた。

連帯の分裂

キャサリンの変貌は、外面の服装や行儀作法にとどまらず、彼女の本性にまでおよんでいた。久しぶりに再会したヒースクリフに対しては、「自分の握っているどす黒い指を、心配そうに見つめてから、こんどは自分の服を見つめていました。ヒースクリフの服にさわって、よごれがついてはいないかと心配になったんです。」（第七章）

だがキャサリンは、リントン家との縁組によって与えられる美しい服装や、レディとしての体面や特権を享受しつつ、同時にヒースクリフとの関係を続けていこうと考える。しかし彼は激しくそれを拒絶する。二人の連帯の分裂は決定的になった。

強い女のジレンマ

キャサリンは強い活力と個性の持ち主であり、後述するエミリの詩のゴンダルの女王オーガスタを連想させる人物である。二人の男性エドガーとヒースクリフに対する彼女の態度も、多くの愛人たちに対する女王の軽蔑的な態度に似ている。しかしキャサリンは、幻想の王国に生きているのではない。結婚や家族制度にがんじがらめにされる社会的現実の中の女性として、キャサリンの強さは、かえって周囲との軋轢《あつれき》の原因となる。

「ヒースクリフこそは、あたし以上にほんとうのあたしなの」「あたしはヒースクリフです！」という言葉がキャサリンの本心あるいは希求の表現であるとしても、この小説が設定されている一八世紀後半の社会的現実の中の女性として、それを貫くことは不可能である。すでにリントン家的価値観の影響のもとヒースクリフとの連帯から脱落してしまった彼女は、「自由」からも、「自然」からも、抑圧への反抗精神からも、切り離される。なぜならそれらこそが、ヒースクリフの存在、そして彼との一体感が、彼女に付与していたものであるからだ。

結局、キャサリンの結論は、「もしヒースクリフとあたしとが結婚したら、二人とも乞食《こじき》になるほかない」「リントン家へ嫁入ってこそ、あたしはヒースクリフも守《も》り立ててやれるし、兄さんの束縛からも脱け出させてやれる」というものである。その結果彼女は、リントンとの結婚という、別種の束縛状態に自ら進んで閉じこめられていく。

キャサリンのような女性が、その強さと個性を保持したまま生きるための受け皿は、当時の社会には用意されていなかった。キャサリンは、ヒースクリフへの愛と、エドガーの妻としての立場に引き裂かれ、「肉体の牢獄」から脱け出したいと願う。彼女は彼女の分身ともいえるもう一人のキャサリン（キャシー）を生むと同時に死に、この問題の追求は二代目に持ち越されねばならない。ヒースクリフに対する彼女の影響力は、生前よりもむしろ死後に、霊魂として発揮される。

四　自然と文化

文化の見直し

二代目キャサリンは母譲りの活力をもつ自然児であるが、彼女の野性はリントン家の温和さによって和らげられている。彼女は父エドガーの隠遁的な生活と娘に対する過保護のゆえに、一種の監禁状態に置かれ、友人もなく、パークの外に出ることも許されていない。

活発な彼女は、父の留守を利用して脱出し、ペニストンの崖へと冒険の旅に出るが、その結果は皮肉にも、リントン少年やヒースクリフによる別種の、もっと恐ろしい束縛へとつながってしまう。ヒースクリフによる復讐の一環として、リントン少年との強制的結婚という文字通りの監禁が、キャシーを待っていた。彼女の結婚は、母キャサリンの場合よりもはるかにはっきりと、この種の結婚生活の束縛と空虚さを明示する。だがキャシーは、物理的に監禁状態に置かれても精神的な自由と反抗心を失わず、監禁状態に耐えて生きのびる点が母と違うのである。

リントンの死後、キャシーは最終的にヘアトンとの愛の関係にたどり着く。この二人は共にアーンショオ家の気質を受け継いでいる。もっと重要なことは、二人の関係が、一代目キャサリンとヒースクリフの関係の修正版として構想されていることである。キャシーは自らの意志と判断で自然児ヘアトンを選び、率直に愛を表白し、二人の関係において主導権を握る。

二人の関係は、キャサリンとヒースクリフの関係にはおよそ無縁だった「教育」「文化」を通して培《つちか》われる。だがそれらの要素は、父エドガーや夫リントンを通して「文化」の限界を知ったキャシーにより、見直しと修正を施《ほどこ》されているのだ。

自然と文化の止揚

キャシーは、母キャサリンが渇望しつつ得ることができなかった「キャサリン＝アーンショオ」の名前を得るであろう。だがキャシーとヘアトンの結婚は、アーンショオ家代々、またリントン家代々繰り返されてきた結婚の形とは、おそらく違うものになるのではあるまいか。

二人の結婚は両家の財産と文化を共有し、両家の階層差を超えるものとなるであろう。彼らは一代目キャサリンとヒースクリフの希求を継承しながらも、嵐が丘には住まず、スラッシュクロス邸で新しい生活を始めることにする。そして嵐が丘は、キャサリンとヒースクリフの霊魂のために明け渡される。この結末は単に、ヒースクリフによって引き起こされた混乱のあとで、古い秩序が回復されたことを示しているだけではあるまい。

キャサリンとヒースクリフの結びつきに明らかだったあからさまな情熱、自然との一体感、束縛なき自由への渇望は、彼らの幽霊の存在によりその価値を認められている。しかし同時にそれらの価値は、キャシーとヘアトンの新しい関係の中で今後行われていくであろう絶えざる見直しと修正を経てこそ、社会の中で生きのびる可能性を獲得するであろう。

五　女性の自己表現

女性の語りの力

三四章から成る『嵐が丘』の中で起こる出来事は、ロックウッドが語る冒頭三章と結末に近い約二章分のほかは、大体すべてネリーの語りを通して紹介される。ネリーは、アーンショオ家、次いでリントン家の家政婦として、両家の歴史に通じており、それぞれの家庭の内情を自分の体験や判断を混じえて詳しく語る。

孤児ヒースクリフがアーンショオ家の下男からジェントルマンに出世し、両家の主人にのし上がったのとは違い、長年忠勤を励んだネリーは女であるがゆえに、せいぜいヘアトン、キャシー若夫婦の母親代わりの立場を享受するのが関の山であろう。

しかしネリーには、この小説全般にわたり両家三代の歴史を語るという、彼女にしかできぬ役割と言葉の力が与えられている。キャサリンの日記も、イザベラの手紙も、ヒースクリフの発言も、それぞれが重要ではあるが、小説全体の中ではごく一部を占めるにすぎない。しかもあとの二つは、ネリーの語りによってこそ、読者に伝えられることができる――ちょうどキャサリンの日記が、ロックウッドの語りを通してのみ、読者に示されたように。

ネリーの物語は、男性の語り手ロックウッドの都会的な勿体《もったい》ぶった言葉のヴェールのかげで、素朴で日常的な女の口調によって、存分に彼女の観察を叙述していく。彼女はきちんとした教育は受けていないが、彼女自身自慢するように熱心な読書家で、物の道理をわきまえた常識人なのだ。ロックウッドの語りの場合と同様、ネリーの語りも、語り手の常識的・慣習的判断の限界やその言動の不適切性が、時々おのずから露呈されるように仕組まれている。

それにもかかわらず、ネリーは両家の盛衰をくぐり抜けて、中心人物の誰よりも長く生き、人間性のあらゆる局面とその行く末を見守る特権を保持してきた。ネリーがいなければ、この物語は闇の中に葬られてしまったであろう。読者はネリーの語り口に操られたり、またそれを批判したりしつつ、物語の内奥の意味へと近づくことができるのだ。ロックウッドは早々とロンドンに戻って行くが、ネリーは長くスラッシュクロス邸に住み続けるであろう。

エリス＝ベルという男性的筆名のかげにかくれたエミリ＝ブロンテは、当時女性作家にふさわしくないと思われていた主題――赤裸々な人間の情念の表現という主題――を取り上げた。その主題は、急速に変化しつつある一八世紀末～一九世紀初頭の英国の農業社会を舞台に、自然と文化、個人と社会の激突のドラマとして、男の声にかくれた女の声で語るという形式によって、読者をより強力に小説世界に引き入れるのである。

ゴンダル詩人の仮面

エミリ＝ブロンテの詩は全部で一九三篇あり、その大部分がゴンダルの幻想世界に属するものとして書かれた。エミリはゴンダル叙事物語という枠組の中で、ゴンダルの人物たちの名前と言葉を借りて、自分の思想や感情を歌ったと考えられる。

エミリは、人名や地名だけではなく、架空の年代も設定し、何重もの虚構の枠の内奥にかくれて、詩を書いた。ゴンダル物語は、『嵐が丘』とほぼ同じ一九世紀の初めごろ展開される物語ということになっている。つまり、実際に英国に起こった事件の年代を二〇年から三〇年くらい遡《さかのぼ》らせて、ゴンダルに適用しているらしい。ゴンダルにおける王党軍と共和党軍の争いは、現実のイギリスの政界で一八三〇年代半ばごろ盛んだったトーリー党とホイッグ党の争いに基づくと推定されている。

一八三七年六月二七日の日記に、エミリは、「オーガスタ＝アルメダの生涯第一巻を書いている」と記したあとで、こう書いている。「ゴンダルとゴールダインの皇帝と女帝は、ゴールダインからゴンダルに向かって、七月一二日に挙行される戴冠式のための出発の準備中である。ヴィティオラ女王は今月即位した」と。これは、一八三七年六月二〇日に即位し、翌年七月二八日に戴冠したヴィクトリア女王を念頭において書いているらしいが、こうなると虚実の関係はまことに複雑である。しかも、女性詩人がときに男性人物に化して内心の思いを自由に歌うとなると、この作詩技法は、『嵐が丘』における複雑な語りの手法と共通点をもっているといえるだろう。

第I部で引用した一八四五年七月三一日のエミリの日記を思い出そう。

旅行の間中、私たちはロナルド＝マカルギン、ヘンリ＝アンゴラ、ジュリエット＝アンガスティーナ、ロザベラ＝エズモールダン、エラそしてジュリアン＝エグリモント、キャサリン＝ナヴァール、コーディリア＝フィツァフノルドになり、教育宮殿から逃げだして、勝ち誇る共和派に現在激しく追われる王党派に加わろうとした。ゴンダル人たちは今まで通り栄えている。

「教育宮殿」とはハワースの牧師館を暗示しているらしい。それにしても、エミリの空想を託された男女のペルソナたちの、この多彩ぶりはどうだろう。エミリは、十数年間にわたってゴンダルの幻想世界に没頭した。『嵐が丘』に近い時期に書かれた詩がいくつかあり、ほぼ同じ精神世界が、似たような仮面をかぶって両方に反映されているとしても不思議ではあるまい。

越境・超越への志向

エミリ＝ブロンテの文学の特質の一つは、さまざまの面において、二項の対立と、それを越える「越境性」「超越への志向」にあるのではなかろうか。女性の自己表現に対する束縛がきわめて強かった時代に、女性作家（詩人）の壁を突き抜けようとするエミリ＝ブロンテにとって、さまざまな仮面の駆使も、この志向による試みであろう。

彼女がその境界線を越えようとした対立的二項には、例えば次のようなものがあった。男と女、貧富や階級の差、監禁と自由、肉体と精神、生と死、そして現実と非現実など。それらは、『嵐が丘』にも、詩にも共通する志向である。

シャーロットの文学は、概していえば女性の壁の中にあってそれと戦う文学である。彼女の場合は、対立する二項はヒロイン個人の内部の二面性として表現されることが多く、その相剋を調整し、ときには妥協させるためのヒロインの苦闘の軌跡がたどられた。これに対してエミリの文学では、対立する二項は、個人の問題を越えて、人間性や世界の本質における二つの力の、調整しようもなく厳然と存在する対立として表現される。

しかしそれらは、深く思索する個人の魂の内部で、特別の場合、一時的に超越・突破されることがある。エミリはその状態を、想像力の中で夢見ていたようだ。彼女の詩には、そのような超越への志向がしばしば歌われるが、『嵐が丘』では、それは、キャサリンとヒースクリフの一体感に表現されているように思われる。

六　絶対者の探求

キャサリンはネリーに、ヒースクリフに対する気持ちを告白する。

内なる神への信仰

「おまえにしろ誰にしろ、自分以上の『自分の生命』がある、またはあらねばならぬ、という考えはみんな持ってるでしょう。もしあたしというものが、ここにあるだけのものが全部だったなら、神があたしをお造りになったかいがどこにあるでしょう？　この世でのあたしの大きな不幸は、みんなヒースクリフの不幸だったし、はじめからあたしはその両方を見て、感じてきた――生活の中であたしの養ってきた大きな思想が、ヒースクリフその人なのです。もしほかのすべてが滅びて、『彼』だけ残ったとすれば『あたし』もまだ存在しつづけることでしょう。そして他のものが皆残って彼だけがなくなったら、この宇宙は一個の大きな他国になって、自分がその一部だという気はしなくなるでしょう。……ネリーや、あたしはヒースクリフです！　あの子はいつも――あたしの心の中にいる。あたし自身があたしにとって必ずしもつねに喜びではないのと同じことで、あの子も喜びとしてでなく、あたし自身として、あたしの心に住んでいるのです。」（第九章）

この一節に見られるのは、普通のロマンティックな性愛とはまったく異質の感情——他者が自己以上に真の自己であり——つまり自己と他者との境界が超越・突破され——、それはまた、次の詩（『嵐が丘』と同時期である一八四六年一月に書かれた）に歌われる「内なる神」であるという思想であった。

……おお　わが胸のうちの神
全能にして　永遠《とこしえ》に在ます神
不死のいのちであるこのわたしが　あなたのうちに力を得るとき
わたしのうちに　安らい給ういのちの神

空しいのは　人々のこころを動かす
数知れぬ信条　口にはいい難いほどに空しい
枯れ草のように　また果てしない大海原の
はかない泡沫のように　無価値なのは

…………

大地と月が　消えはて
太陽と宇宙が　存在しなくなっても
あなただけが　ひとり残っていれば
あらゆる存在は　あなたの中に存在するだろう……

（「わたしの魂は怯懦《きょうだ》ではない」第一九一番）

この詩は、一見男女の愛のかたちを借りながらも、絶対者への信仰ともいうべき宗教的感情を表現しているように思われる。しかもこの詩の中に、「空しいのは人々のこころを動かす数知れぬ信条」と歌っている一連があることから、この信仰は、正統のキリスト教信仰とは別の、エミリ独自のものであったと思われる。

魂の飛翔

病床のキャサリンは、子どものころに戻りたくて「荒野をわたって来る風を一息吸わせて！」と叫ぶ（第一二章）。自然児エミリにとって、荒野を吹きわたる風は——猛々しい嵐も含めて——自然の生命のエッセンスであり、魂を肉体の牢獄から無限の世界へと解き放つ自由の象徴であった。この詩には、エミリがワーズワスから影響を受けた汎神論的な傾向が感じとれる。

月かげさやかな　風の夜に
魂は　土塊《つちくれ》の身を　遠く離れてさまよい
眼は　光の世界をさすらうことができるとき
わたしは　いちばん幸せだ

わたしが消えて　四方も無となり
大地も　大海も　また雲なき大空も消滅し
ただ魂だけが　無限の広漠をぬけて
翔けめぐるときこそ

（第四四番）

神秘主義

キャサリンの死後一八年にわたるヒースクリフの感情を連想させる悲嘆は、「R＝アルコウナ　J＝ブレンザイダによせて」という詩で死者と哀悼者の性が逆になった形をとり、「地中は冷たく　深い雪があなたのうえに降り積もりました！」（第一八二番）と歌い出されるが、もっと注目すべきは、「ジュリアン＝MとA＝G＝ロウシェル」と題する詩である。この詩は、地下牢の女囚ロウシェルが彼女を憐れむジュリアンに向かい、囚われの状態のさ中にあって心が一瞬解き放たれる自分の神秘的体験を語るものである。

御使《み》いは西風に乗り　夕暮のあてどもない風に乗って
無数の星くずをもたらす天の　あの澄みわたる黄昏《たそがれ》とともに　やって来るのです
風はもの悲しい調べを奏で　星はやさしい灯をともします
数々のまぼろしがたち現れ　変化し　欲望でわたしを殺すのです――

…………

しかし最初は平和のしじま　音なき静寂が降りてきて
悲しみと　激しい焦燥の　闘いが終わります
無言の音楽は　わたしの胸を鎮《しず》めます――大地がわたしに失せるまで
夢にも聞けない　こころのうちだけのハーモニー

そのとき　隠れたものは姿を現し　眼に見えないものは実《まこと》の相を顕《あらわ》すのです
わたしの外なる感覚は去り　わたしの内なる実体が感じるのです
その翼はほとんど自由となり――その家　その港は見出されるのです
それは深淵を測り　身をかがめ　最後の跳躍を敢行します！

ああ　恐ろしい　頓挫――激しい　苦悶――
耳が聞き　眼が見え始めるとき
脈がうち　頭脳が思索し始め
霊魂が肉体を感じ　肉体が鎖を感じ始めるとき

それでも　わたしは劇痛を失いたくありません　拷問の苦しみが薄れるのを願いません
苦悶が攻めたてれば　それだけ早くそれは祝福するでしょう
そして地獄の業火《ごうか》に包まれ　あるいは天の光輝に燦《きら》めいて
たとえ死の先触れになろうとも　そのまぼろしは　神聖なものなのです!……

（第一九〇番）

この女囚にとって、神秘的体験は西風と共に訪れて来て、無言の音楽で悲しみを静める。やがて肉体の感覚が失せると共に、内なる実体の感覚が目ざめる。心は囚われの状態を脱して自由に飛翔跳躍する。そして「隠れたものが姿を現す」――地下牢に捕われ、肉体の鎖につながれている人間が、ある瞬間、霊魂のみの存在になって、神聖な幻を見る。これこそ『嵐が丘』の結末近くで、ヒースクリフが「おれの天国」に行き着き、キャサリンの幻を見て死んでいく情景と呼応している。絶対的な瞬間において、精神と肉体、監禁と自由、生と死、天国と地獄の境界は越えられるのである。

キャサリンもヒースクリフも食物を拒み、窓を開けて風に触れようとし、解放としての死を待ち望みつつ死ぬ。この詩に歌われているような一種の幻視と、それに伴う肉体的苦痛、霊的解放の体験は、エミリ自身のものでもあったように思われる。ハワースの牧師館に閉じこもり、また対照的な荒野において自由を味わい、自己の内部を見つめて思索を深めていったエミリ——彼女自身が死を迎えたとき、彼女は医薬を拒み通し、「拷問の苦しみ」を代償に、いま一度神聖なまぼろしを見ようとしつつ死んでいったに違いない。

ヒースクリフが体現するもの

ヒースクリフというバイロニック-ヒーロー的な人物について、また彼を中心とする『嵐が丘』の文学的源泉についてはすでに触れてきた。では当時の社会的背景についてはどうだろう。彼が老アーンショオに拾われた場所として設定されたリヴァプールは、工業の盛んな港湾都市で、当時巷《ちまた》には失業者や浮浪者が溢れていた。この町を訪れたブランウェルが、姉妹にその様子を語ったことがある。その他カワン-ブリッジ近辺で奴隷を使った苛酷な農業経営が行われていたという研究もあり、考えるべきことも多い。

しかしそれにしてもなお、『嵐が丘』を詩と関連させて読むとき、そしてキャサリンにとってヒースクリフが「あたし自身」「生活の中であたしの養ってきた大きな思想」であり、ヒースクリフにとってキャサリンが「おれのいのち、おれの魂」であることを考えるとき、エミリは人間を、根底において社会的存在というよりも、形而上的存在として把握する作家（詩人）であったことが推察される。

これに対してシャーロットは、『ヴィレット』の結末近くで、ポール＝エマニュエルのことをルーシーにこう言わせている。「彼はいっそう私自身のものになりつつある」（第四二章）と。シャーロットにとっては、愛し合う男女は、限りなく接近はするが、なお別個の存在であったのに対して、エミリの場合は、互いにとって同一者であった。

ヒースクリフはその名の通り、元来「ヒースの崖」――自然――であり、風、嵐であり、生命であり、自由であった。だが彼が復讐の手段として選んだのは、彼が嫌悪していた「文化」を武器として、彼が憎悪していた自営農民や大地主に彼自身が成り上がることだった。キャサリンと同様、彼もまた自分の本性を裏切った。このことによって彼は、本来彼がもつ解放者としての役割を一見放棄してしまったように見える。そして彼自身、復讐の成果に空しさを覚える。

だがヒースクリフによる復讐の嵐が吹き抜けたとき、私たちは彼の復讐の成果が、彼自身の意図とはまったく別の形をとって現れたことを知る。アーンショオ家とリントン家において、家父長制の束縛は弱められ、ヘアトンとキャシーの愛と結婚によって、両家の異なる価値観は一応の統合を見る。ヒースクリフこそ、二項対立の超越をもたらした神秘的な力であった。

彼はエミリ＝ブロンテ自身にとっては、どんな存在だったのだろう。おそらく彼は、前に引用した「想像力に寄せて」の詩の中で讃えられている「想像力」、「天翔けるヴィジョンを呼び戻す」力として、そしてエミリが「生活の中で養ってきた大きな思想」として、彼女に『嵐が丘』を書かせたのではなかろうか。

ヒースクリフは死んだ。だが、彼の力は消滅しない。彼は――そして彼とキャサリンとの情熱は――荒野をわたる風として、荒野をさまよう幻として、生き続けていく。そして生きている者たちと、死んで生きている者たちとの二項対立は、永遠に続いていくのである。

第三章　ブロンテ姉妹の宗教観

最後に、ブロンテ姉妹とキリスト教との関わりを考えてみよう。英国国教会牧師の娘である彼女らの生活や意識には、当然ながらキリスト教が深く浸透していた。

魂の救済への模索

当時、国教会内部にはいろいろな宗派があり、外部にはメソディズムやバプティズム、カルヴィニズムなどの流れがあった。ブロンテ師は、メソディズムの影響の強いハワースの国教会牧師として、メソディストたちと親しい関係にあり、「永遠の刑罰」を強調する傾向があった。熱心なメソディストである伯母やカワン-ブリッジ校の宗教教育も、また後年アンとブランウェルが家庭教師となるロビンソン家の蔵書なども、「地獄の業火」への恐怖によって、ブロンテきょうだいの魂を悩ませたようである。

シャーロットはロウ-ヘッド時代に、そして伯母やロビンソン家の影響を強く受けたアンはロウ-ヘッド時代からかなり長期間にわたり、救済への不安に由来する宗教的憂鬱に取りつかれた。素行の悪いブランウェルの魂の救済についての不安もあり、姉妹は必然的に、厳格な運命予定説はもとより、「永遠の刑罰」の考え方を否定するようになった。そしてやがて国教会の正統的な教義を越えて、悪人をも含めてすべての人間の魂が救済されるという普遍救済説《ユニヴァーサリズム》へと向かっていった。この傾向は、エミリにもっとも早く現れ、一八四五年ごろにはアンも確固とした信念にたどりついたようである。

シャーロットは非国教徒やカトリック教徒に対して嫌悪をあらわにし、一見正統的な国教徒に見えるが、キリスト教に対する彼女の態度はたびたび変化動揺するのでわかりにくい。基本的には、信仰を重視するアンに比べて、善行を重んじ、偽善を強く憎む点が特徴であった。『ジェイン＝エア』のセント＝ジョン（そして原型のヘンリ＝ナッシー）のように、国教会牧師でもそのカルヴィニスト的な宗教観のゆえに、またブロックルハースト（その原型ウィルソン）のように、福音主義に隠れたその偽善性のゆえに、痛烈な批判を彼女から受ける例が多い。彼女はジェインとロチェスターの結婚に見られるこの世での幸福を、死後の天国の喜びの象徴として書いたと思われる。だが、最後の小説『ヴィレット』には、そのような楽天的な希望は見られない。夫ニコルズによると、シャーロットは最後まで死ぬことを嫌がっていたとのことで

ハワースの牧師館　1850年代半ば頃

ある。

エミリにとって宗教は、「神と個人との間の問題」だった。彼女は、地上の苦痛を通しての魂の救済を固く信じ、彼女独自の宗教観を形成するに到った。ブリュッセル留学中に書いたフランス語のエッセイ「蝶」には、早くも次のような一節が見られる。

神は正義と慈悲の神である。とすれば、人間にせよ動物にせよ、理性のあるものにせよ、ないものにせよ、神が被造物に課す苦痛、われわれの不幸な自然界の個々の苦悩は、かならずや、あの神の刈り入れのための一粒の種子にすぎない。罪が最後の一滴までその毒を使い果たし、死が最後の槍を投げたそのとき、苦痛も苦悩も、宇宙の火葬の薪の上で焼き尽くされ、そのかつての犠牲者たちを幸福と栄光に満ちた永遠の世界にゆだねるであろう。

すでに引用したエミリの第一九〇番の詩にもあるように、この世の苦痛を恐れず引き受けて死に到達する者こそ、真の救済に行き着くのである。エミリは『嵐が丘』で、各人にとってそれぞれの天国があるという考えを表明した。キャサリンとヒースクリフにとっては、天国は地上の荒野にあり、地獄もまた地上の、この世の苦悩の中にあった。三姉妹の宗教観はそれぞれに違っており、その違いが作品に反映することになった。

むすび

シャーロット＝ブロンテは、母のない一家の長姉として、老いた父を助け、生計を支え、三人の弟妹を指導せねばならなかった。自分の容姿へのコンプレックスや、愛や結婚に対する考え方からしても、少女のころ以来、結婚に自分の夢を託そうという気はなかった。姉妹を育ててくれた独身の伯母の経済的に自立自足した姿や、彼女が義弟ブロンテ師と堂々と議論をする様子からも影響を受けたに違いない。

女性に対する束縛の強い時代にあって、シャーロットは、はじめは経済的必要から、そして伯母の遺産を受け継いだ後は精神的支柱の必要から、女性の経済的自立が精神的自立の要件であることを固く信じていた。家庭教師の資格を得るための準備、学校設立の計画、そして文筆によって身を立てるための努力など、すべての面で妹たちに保護と激励を与え、自ら社会の矢面に立ったのはシャーロットであった。

生来、激しい情熱、奔放な想像力の持ち主でありながら、シャーロットは現実の社会への適応を重視せねばならぬ立場にあった。ウェリントン公爵崇拝や父に似たトーリー思想は、彼女の保守主義の現れであり、また『ジェイン＝エア』に明らかな人間主義的信仰は、彼女の現実志向の一面で

姉妹が創作について話し合った居間

ある。

その半面、作家としてのシャーロット＝ブロンテの特徴は、先駆的な女性意識にある。女性の自立、女性の情熱の権利、男女の平等など、当時の社会風潮からすれば画期的な女権思想は、彼女の苦難の人生から、そして一家の中の彼女の立場から生まれ出たものであった。

シャーロットのこのような考え方は、彼女の晩年の二通の手紙の中にはっきりと読みとれる。第一の手紙は、女性の教育、職業、自立こそが、女性の人生の支えになることを述べている。

将来どうなろうとも、教育を身につけることは非常な利点です。いかなる場合にもそれは独立への第一歩です――独身女性の生活の悲惨さはその依存性にあるからです。……お嬢さん方を家に留まらせようとなさいますな。確かに、教師というのは労多くして酬われず、しかも蔑《さげす》まれる存在ですが、何もしないで家にいる娘の暮らしは、最も酷使されて給料の悪い教師よりもさらにひどいものです。貧しい家のみならず豊かな家においても、娘たちが座って結婚を待っているすがたを見た時、私はいつも心から気の毒に思いました。もし運命が幸せな結婚を与えてくれるなら、確かに大変結構なことですが、さもない場合は、彼女らの人生に何かの目的を与え、時間に何かの仕事を割り当てなければ、絶望の焦燥や怠惰な無関心が、必ず彼女らの人間性を堕落させるでしょう。……私は孤独ですが、もしも仕事をもつ勇気を——長いうんざりするような二年間、出版社が私を受け入れてくれるまで、交渉を続ける我慢強さを、神が私に与えて下さらなかったら、私はどうなっているでしょう？青春は過ぎ去り、妹たちを失い、無教育な人たちばかりの荒地の教区に住む私は、一体どうしていることでしょう？ その場合、私にはまったく生きる世界がないはずです。……しかし実は、一種の希望、動機ともいうべきものが、今でも私を支えています。あなたのお嬢さん方が全部——英国の女の人すべてが、やはり希望と動機をもつことを願います。（W＝S＝ウィリアムズへ、一八四九年七月三日）

次は、ジャーナリストのハリエット＝マーティノウが『ヴィレット』を批判して、「女性人物はすべて、愛というただ一つのことで胸が一杯になっている」と述べたのに対して、シャーロットが反撃した手紙である。

私が理解する限りにおいて、私は愛とは何であるかを知っています。もし男でも女でもそのような愛を感じることを恥じるならば、この地上には、正直、気高さ、誠実、真実、清廉と同様に私が思うところの、正しい、高貴な、忠実な、真実な、没我的なものは何もないことになります。……あなたと考えが違うことが、私に鋭い苦痛を与えます。（マーティノウへ、日付不詳）

愛と情熱への希求の真正さ、そして男女の性愛の尊さを、このように明言したシャーロットは、ヴィクトリア朝の作家としては目ざましくも貴重な存在であった。

アンにも、シャーロットに似て、自分の個人的体験を踏まえ、社会や家庭における女性の立場への関心が強い。しかし彼女の作品には、シャーロットの場合のように、情熱と理性、ロマンティシズムとリアリズムの間を激しく行き来するドラマティックなダイナミックスは見られず、彼女の信念は、概して堅実な道徳性とリアリズムの手法を通して平明に表現されている。

他方エミリ＝ブロンテは、その内向的な性格から、外界との接触はきわめて少なく、ハワースの荒野との霊感的交流や、家における読書の中で、独自の思想を育てていった。『嵐が丘』と詩からは、前述したように、一種の汎神論的自然観、そして神秘主義が見てとれる。そしてエミリが、弱者や罪人に対して優しく、ヒースクリフをさえ彼自身の天国に到達させていることを考えると、彼女は、罪と救済の問題について、独自の宗教思想を形成していたと思われる。

最後に、エミリの代表的な詩の一つで一八四一年に書かれた「老克己主義者」を引用して、世俗を拒否した強い自由な魂に敬意を表したいと思う。

富を　わたしは軽んじ
愛を　わたしは嘲《あざけ》り賤《いや》しむ
名誉への欲望は　朝ともなれば
消え失せる夢に　すぎなかった

わたしが祈るとすれば　わたしのために
唇を動かしてくれる　唯一の祈りは
「いまわたしの抱く胸は　そっとしておいてください
わたしに自由を与えてください」ということだ

まことに　束の間のわたしの生命《いのち》が　終焉に近づくとき
わたしの切に求めるものは　ただ――
生と死をとおして　耐え忍ぶ勇気のある
縛られることのない魂

（第一四六番）

あとがき

ブロンテ姉妹については、イギリスでも日本でも、専門の研究者のほかに一般の熱烈なファンが多いことが特徴であろう。しかし姉妹のロマンティックで情熱的な作品の中に彼女らの思想を跡付けるということは、研究者にとっても、一般の読者にとっても至難のわざである。彼女らは、何らかの体系的な思想を、すぐそれとわかる形で書いてはいないからである。

しかし今回、この「人と思想」シリーズにおいて、ブロンテ姉妹の思想的側面を考える貴重な機会を与えて頂いたことは、筆者にとって大変幸いであった。第Ⅰ部におけるブロンテ姉妹の生涯の記述、および巻末の年表において、従来の伝記では必ずしも明確でなかったいくつかの年号については、Edward Chitham and Tom Winnifrith, *Brontë Facts and Brontë Problems* の説に従った。

本書を執筆するにあたり、訳文を使用または参照させて頂いた書名と主要参考書名をここに記す。参考にした本は多いが、巻末の読者のための「参考文献」と重複するものは省く。

『ジェーン・エア』大久保康雄訳　新潮文庫　一九九一(改版)
『嵐が丘』田中西二郎訳　新潮文庫　一九八八
『エミリ・ジェイン・ブロンテ全詩集』中岡洋訳　国文社　一九九一

『教授』相良次郎訳　ダヴィッド社　一九五四

『シャーロット・ブロンテの生涯』ギャスケル夫人著　和知誠之助訳　山口書店　一九八〇

T. J. Wise and J. A. Symington, eds., *The Brontës, Their Lives, Friendships and Correspondence* (1933; Porcupine Press, 1980)

Christine Alexander, ed., *An Edition of the Early Writings of Charlotte Brontë*, I (Blackwell, 1987)

Elizabeth Gaskell, *The Life of Charlotte Brontë* (1857; Dent & Sons, 1971)

Margot Peters, *Unquiet Soul* (Hodder and Stoughton, 1975)

Winifred Gérin, *Emily Brontë* (Oxford U.P., 1971)

Tom Winnifrith, *The Brontës and Their Background* (Macmillan, 1973)

Edward Chitham and Tom Winnifrith, *Brontë Facts and Brontë Problems* (Macmillan, 1983)

Pauline Nestor, *Charlotte Brontë* (Macmillan, 1987)

Lyn Pykett, *Emily Brontë* (Macmillan, 1989)

「『ゴンダル』──作中人物とその確認──」中岡洋著　「成蹊大学一般研究報告」第二一巻第二号　一九八四

『ヴィクトリア時代の女性たち──フェミニズムと家族計画──』バンクス夫妻著　河村貞枝訳　創文社　一九八〇

なおエミリの詩に付した番号はハットフィールド編の定本による詩番号である。

文中における固有名詞については、引用文の表記を尊重するため、本文の表記と異なる場合があることをお断りしておく。

最後になったが、お世話になった次の方々に心よりお礼を申し上げる。本書の執筆を熱心にお勧めくださった東京家政大学教授の倉持三郎氏、年表、参考文献の作成を助けてくださった昭和女子大学専任講師の金子弥生氏、いつもお励ましくださった清水書院の清水幸雄氏、忍耐強く編集業務に携ってくださった清水書院編集部の徳永隆氏と山原志麻氏。本当にありがとうございました。

一九九四年七月二六日

青山誠子

ブロンテ姉妹年譜

年齢の欄については、Cがシャーロット、Bがブランウェル、Eがエミリ、Aがアンの年齢である。

西暦	年齢	年譜	背景となる参考事項
一七七七	CBEA	3・17、パトリック＝ブランティ（のちブロンテと改姓）、アイルランドのダウン州、エムズデールに生まれる。	七〇年代、イギリスの産業革命進行。
八三		4・15、マリア＝ブランウェル、コーンウォール、ペンザンスに生まれる。	
九二			M＝ウルストンクラフト『女性の権利の擁護』出版。
一八一一			ラダイト運動（〜一六）。
一二		12・29、パトリックとマリア、ガイスリ教会において結婚。	
一三		長女マリア生まれる。	J＝オースティン『高慢と偏見』出版。
一四			スコット『ウェイヴァリ』出版。
一五		2・8、次女エリザベス生まれる。 5月、ブロンテ一家、リヴァセッジからソーントンへ転居。	ワーテルローの戦。 オースティン『エマ』出版。

年	年齢	事項	参考事項
一八一六		4・21、三女シャーロット生まれる。	
一七	1	6・26、長男パトリック＝ブランウェル生まれる。	J＝オースティン死去。
一八	2	7・30、四女エミリ＝ジェイン生まれる。	
一九		アーサー＝ベル＝ニコルズ、アイルランドで生まれる。	バイロン『ドン＝ジュアン』（〜二四）。ピータールーの虐殺。工場法制定。
二〇	3	1・17、五女アン生まれる。	ジョージ3世死去、ジョージ4世即位。
	4	4月、ブロンテ一家、ソーントンからハワースの牧師館に移り住む。	
二一	5	5月、エリザベス＝ブランウェル、妹の家族の世話をするためハワースに来る。	
		9月、母マリア＝ブランウェル死去（享年三八歳）。	
二四		7月、長女マリアと次女エリザベス、カワン＝ブリッジのクラージ＝ドーターズ＝スクールに入学。	バイロン死去。
	8	8月、シャーロット、同校入学。	
	6	11月、エミリ、同校入学。	
二五		年頭、タビサ（タビー）＝エイクロイド、牧師館の女中となる。	ストックトン＝ダーリントン間に最初の鉄道開通。
		2月、マリア、病気のため同校退学。	
		5月、マリア死去（享年一二歳）。エリザベス、病気	

年	シャーロット	エミリ	アン	事項	一般事項
	9	6		のため同校退学。 6月、シャーロットとエミリ、同校退学。エリザベス死去（享年一〇歳）。	
一八二六	10			6月、パトリック、リーズで一二個の兵隊人形を購入、子供たちに与える。この人形をもとに、「アングリア」、「ゴンダル」の世界が発展することになる。	
二九					カトリック教徒解放法。
三〇					ジョージ4世死去、ウィリアム4世即位。 リヴァプール－マンチェスター間に鉄道開通。
三一	14			1月、シャーロット、ロウ－ヘッド（ミス＝ウラーズ－スクール）に入学。エレン＝ナッシー、メアリ＝テイラーと生涯にわたる交友を結ぶ。	工場法制定。
三二	16			5月、シャーロット、ロウ－ヘッドを退学。	第一次選挙法改正（有権者は一定以上の有産男性）。
三三					オックスフォード運動始まる。 工場法制定。
三四		16	14	11月、エミリとアン、最初の日誌を残す。	
三五	19	17	15	7月、シャーロット、ロウ－ヘッドに助教師として赴任。エミリ、同校入学。 10月、エミリ退学。入れ代わりにアンが入学。	

西暦	年齢	事項	世相
一八三七	18	秋、ブランウェル、王立美術院入学のためロンドンへ行くが、数日後帰郷。	ウィリアム4世死去、ヴィクトリア女王即位。
	18 17	6月、エミリとアン、日誌を残す。	ディケンズ『オリヴァー＝トゥイスト』(～三九)。
		12月、アン、ロウ－ヘッドを退学。	
三八	21	5月ごろ、ブランウェルは、ブラッドフォードに下宿し、肖像画家を目指す。	人民憲章公表。バーミンガム大集会（チャーティスト運動の開幕）。
		夏、ミス＝ウラー、学校をロウ－ヘッドからデューズベリ－ムアに移す。	
		9月、エミリ、ハリファックスのパチェット姉妹経営のロー－ヒル－スクールの教師となる。	
		12月、シャーロット、ロウ－ヘッドを退職。	
三九	22	2月、ヘンリ＝ナッシー、シャーロットに求婚する。	アヘン戦争勃発。
		3月、シャーロット、ヘンリの求婚を断る。この頃エミリ、ロー－ヒルを退職。	
	19	4月、アン、マーフィールド、ブレイク－ホールのインガム家の家庭教師となる。	
	23 21	5月、ブランウェル、借金をして自宅に戻る。シャーロット、ロザーズデイル、ストーンガップ－ホールのシジウィック家の家庭教師となる。	

一八四〇	23	7月、シャーロット、シジウィック家の家庭教師を辞す。 8月、ウィリアム＝ウェイトマン、ハワースの牧師補として着任する。 8月中旬、シャーロット、エレン＝ナッシーと共にイーストンを訪ね、バーリントンの海岸近くで過ごす。 12月、アン、インガム家の家庭教師を辞す。 1月、ブランウェル、ブロートン-イン-ファーネスのポッスルスウェイト家の家庭教師となり、ハワースを出発。 6月、ブランウェル、ポッスルスウェイト家の家庭教師を解雇される。 8月、ブランウェル、サワビー-ブリッジ駅員に任命される。	ヴィクトリア女王、アルバート公と結婚。 四〇年代、女性過剰人口問題深刻化。
四一	24 21 23	3月、シャーロット、ロードンのホワイト家の家庭教師となる。アン、ソープ-グリーン-ホールのロビンソン家の家庭教師となる。 4月、ブランウェル、ラデンデン-フット駅の駅長となる。 7月、エミリとアン、日誌を残す。アン、ロビンソン家の人々とスカーバラを訪問する。	ガヴァネス互助協会発足。

四二	25 24 23	12月、シャーロット、ホワイト家を辞す。 マーサ＝ブラウンが女中としてハワースに来る。 2月、シャーロットとエミリ、ブリュッセルに留学のため、ハワースを出発し、エジェ寄宿学校へ向かう。 4月、ブランウェル、ラデンデン＝フット駅を解雇される。 9月、ウィリアム＝ウェイトマン、コレラにより死去（享年二八歳）。 10・29、エリザベス＝ブランウェル死去（享年六五歳）。 11月、シャーロットとエミリ、ブリュッセルより帰国。	アヘン戦争終わる。
一八四三	26 25 27	1月、シャーロット、単身ブリュッセルに赴く。ブランウェル、ロビンソン家の家庭教師となり、アンと共に同家へ赴く。 9月、シャーロット、サン＝ギュデュール大聖堂で告解をする。	ワーズワス、桂冠詩人となる。
四四	28	1月、シャーロット、ブリュッセルを去り、帰宅。 7月、シャーロット、牧師館で学校を開く計画をたてるが、間もなく断念する。	工場法制定。
四五		3月、メアリ＝テイラー、ニュージーランド、ウェリントンに移住する。 5月、アーサー＝ベル＝ニコルズ、ハワースの牧師補となる。	

	25	6月、アン、ロビンソン家の家庭教師を辞す。	
	28	7月、ブランウェル、ロビンソン家の家庭教師を解雇される。	
	27	エミリとアン、日誌を書き、一八四一年の日誌を開く。	
	29	10月、シャーロット、エミリの詩を発見し、詩集の出版を計画する。	
一八四六		2月、シャーロット、三姉妹の詩集原稿をエイロット-アンド-ジョーンズ社へ発送する。	穀物法廃止。
		5月、『カラ、エリス、アクトン＝ベル詩集』を同社より出版。	
	30	8月、パトリックの白内障の手術のため、シャーロット、マンチェスターへ赴き、看病の傍ら、『ジェイン＝エア』を書き始める。	
四七	31 29 27	7月、トマス＝コートリー＝ニュービー社、『嵐が丘』、『アグネス＝グレイ』の出版を承諾するが『教授』の出版は断る。	工場法制定（婦人、年少労働者は一〇時間労働）。サッカレー『虚栄の市』（～四八）。
		8月、『ジェイン＝エア』脱稿、スミス-エルダー社へ発送。	
		10月、『ジェイン＝エア』出版。ベスト-セラーとなる。	
		12月、『嵐が丘』、『アグネス＝グレイ』T＝C＝ニュービー社より出版。	

一八四八	32 28	1月、『ジェイン＝エア』第二版。 4月、『ジェイン＝エア』第三版。 6月、『ワイルドフェル－ホールの住人』出版。 7月、シャーロットとアン、ロンドンのスミス－エルダー社を訪問。『ワイルドフェル－ホールの住人』再版。 9・24、ブラウンウェル死去（享年三一歳）。 12・19、エミリ死去（享年三〇歳）。	公衆衛生法制定。 女子中等教育「クィーンズ－カレッジ」開校。 ギャスケル『メアリー＝バートン』出版。 サッカレー『ペンデニス』（～五〇）。
四九	33	5月、シャーロットとエレン、アンを伴い、スカーバラへ向かうが、4日後の28日にアン死去（享年二九歳）。スカーバラのセント－メアリ教会墓地に埋葬される。 6月、シャーロット、帰宅。 8月、『シャーリー』脱稿。 10月、『シャーリー』出版。 11月、シャーロット、ロンドンへ行き、ジョージ＝スミス宅に滞在。この間、サッカレー、ハリエット＝マーティノウらに会う。 12月、シャーロット、帰宅。	ディケンズ『デイヴィッド＝コパフィールド』（～五〇）。
五〇		3月、シャーロット、ランカシャー、ゴーソープ－ホールにサー＝ジェイムズ＝ケイ＝シャトルワース夫妻を訪ね、数日間滞在する。	ワーズワス死去。

	34	5月、シャーロット、ロンドンのスミス宅に滞在。G＝H＝ルイス、ジュリア＝キャヴァナに会う。サッカレー宅で多数の文人に会う。 6月、シャーロット、帰宅。 7月、シャーロット、エディンバラを訪ね、スミス兄妹と落ち合い、同市を見学して帰郷。 8月、シャーロット、ウィンダミアにケイ＝シャトルワース夫妻を訪ね、ギャスケル夫人と知り合う。 12月、シャーロットの序の付いた『嵐が丘、アグネス＝グレイ』の新版が、スミス＝エルダー社から出版される。シャーロットは、ウィンダミアにマーティノウを訪ねる。	
一八五一	35	5月、シャーロット、ロンドンでサッカレーの講演に出席、大博覧会を見学する。 6月、マンチェスターにギャスケル夫人を訪ねる。	ロンドンにて最初の万国博覧会開催。 ギャスケル『クランフォード』(〜五三)。
五二	36	6月、シャーロット、ファイリーの帰りにスカーバラのアンの墓に参り、墓碑名に誤りを発見し、訂正させる。 11月、『ヴィレット』脱稿。 12月、アーサー＝ベル＝ニコルズ、シャーロットに求婚するが、断られる。	ウェリントン公死去。 サッカレー『ヘンリ＝エズモンド』出版。 ディケンズ『荒涼館』(〜五三)。

一八五三	37	1月、シャーロット、ロンドンを訪れ、ベツレヘム病院、ニューゲイト監獄、イングランド銀行、王立取引所、孤児院などを見学。『ヴィレット』出版。 2月、シャーロット、帰宅。 4月、シャーロット、マンチェスターのギャスケル夫人を訪問。 5月、ニコルズ、ハワースからカーク-スミートン教会へ転任。 9月、ギャスケル夫人、シャーロットを訪問。シャーロット、ホーンシーにマーガレット＝ウラーを訪ねる。 10月、シャーロット、帰宅。	クリミア戦争勃発（〜五六）。 ギャスケル『ルース』出版。
五四	38	1月、ニコルズ、オクスノップの友人宅に滞在し、シャーロットに会う。 4月、シャーロット、ニコルズと婚約。 6月、シャーロットとニコルズ、ハワース教会にて結婚式を挙げる。新婚旅行はアイルランド。 11月、シャーロット、ニコルズと散歩をし、雨に濡れて風邪をひく。	ギャスケル『北と南』（〜五五）。
五五		1月、ニコルズ夫妻、ゴーソープ-ホールにケイ＝シャトルワースを訪問。シャーロットの風邪が悪化	

		する。2月、タビサ（タビー）＝エイクロイド死去（享年八四歳）。3・31、シャーロット死去（享年三八歳）。7月、パトリック、ギャスケル夫人にシャーロットの伝記執筆を依頼する。	
一八五七		3月、ギャスケル夫人著『シャーロット＝ブロンテの生涯』スミス-エルダー社より出版。6月、『教授』死後出版。	離婚・婚姻訴訟法成立。ブラウニング夫人『オーロラ＝リー』出版。
五八			『イングリッシュ-ウーマンズ-ジャーナル』創刊。
五九			G＝エリオット『アダム＝ビード』出版。婦人雇用推進協会発足。
六一		6・7、パトリック＝ブロンテ死去（享年八四歳）。その後ニコルズ、アイルランドに帰り、農夫となる。	
六六			婦人参政権請願、議会に提出。
六九			J＝S＝ミル『女性の隷従』出版。
一九〇三			婦人社会政治連盟設立。
〇六		12・2、アーサー＝ベル＝ニコルズ死去（享年八八歳）。	

参考文献

（邦文文献のみに限定した）

●ブロンテ姉妹の作品

『教授』相良次郎訳 ―― ダヴィッド社 一九五四

『ジェーン・エア』上・下（新潮文庫）大久保康雄訳（改版）―― 新潮社 一九九一

　その他多くの訳が出ている。

『シャーリー』相良次郎訳 ―― ダヴィッド社 一九五一

『ヴィレット』相良次郎訳 ―― ダヴィッド社 一九五三

『嵐が丘』（新潮文庫）田中西二郎訳 ―― 新潮社 一九八八

　その他多くの訳が出ている。

『アグネス・グレイ』笠井満訳 ―― ダヴィッド社 一九五四

『エミリ・ジェイン・ブロンテ全詩集』中岡洋訳 ―― 国文社 一九九一

なお、一九九五年に『ブロンテ全集』全一〇巻一二冊（日本ブロンテ協会編、みすず書房）が出版される予定。

●ブロンテ姉妹の伝記・研究書

『ブロンテ姉妹』阿部知二著 ―― 研究社 一九五七

『エミリ・ブロンテの詩の世界』鳥海久義著 ―― 開文社 一九六三

『ブロンテ姉妹とその世界』フィリス＝ベントリー著　木内信敬訳 ―― PARCO出版局 一九七六

『ブロンテ姉妹』（講座イギリス文学作品論第4巻）山脇百合子著・訳 ―― 英潮社新社 一九七八

『ブロンテ姉妹　孤独と沈黙の世界』（英米文学作家論叢書3）野中涼著 ―― 冬樹社 一九七八

『ブロンテ姉妹の世界』（英米文学シリーズ19）鳥海久義著 ―― 評論社 一九七八

『シャーロット・ブロンテの生涯』ギャスケル夫人著　和知誠之助訳 ―― 山口書店　一九八〇
『ブロンテ姉妹研究・嵐が丘の世界を求めて』岡田忠軒著 ―― 桐原書店　一九八〇
『ブロンテ研究』宮川下枝著 ―― 学書房　一九八〇
『嵐が丘――ブロンテ家の物語』藤野幸雄著 ―― 弥生書房　一九八二
『嵐が丘の起源』メアリ＝ヴィジック著　中岡洋訳（改訳） ―― 国文社　一九八二
『エミリ・ブロンテ論――荒野へ荒野へ』中岡洋著（改訂版） ―― 国文社　一九八二
『ブロンテ研究――シャーロット、エミリ、アン――作品と背景』青山誠子・中岡洋編 ―― 開文社　一九八三
『ブロンテ姉妹論』石塚虎雄著 ―― 篠崎書林　一九八三
『シャーロット・ブロンテの旅――飛翔への渇き』青山誠子著 ―― 研究社　一九八四
『屋根裏の狂女――ブロンテと共に』サンドラ＝ギルバート、スーザン＝グーバー著　山田晴子・薗田美和子訳 ―― 朝日出版社　一九八六
『小説の解釈戦略――「嵐が丘」を読む』川口喬一著 ―― 福武書店　一九八九
『ブロンテ・ブロンテ・ブロンテ』日本ブロンテ協会編 ―― 開文社　一九八九
『ブロンテ姉妹の留学時代』中岡洋編 ―― 開文社　一九九〇
『シャーロット・ブロンテ初期作品研究』C＝アレグザンダー著　岩上はる子訳 ―― ありえす書房　一九九〇
『テリー・イーグルトンのブロンテ三姉妹』テリー＝イーグルトン著　大橋洋一訳 ―― 晶文社　一九九〇
『『嵐が丘』研究』大平栄子著 ―― リーベル社　一九九一
『シャーロット・ブロンテの世界――父権制からの脱却』白井義昭著 ―― 彩流社　一九九二
『アン・ブロンテの世界』山口弘恵著 ―― 開文社　一九九二
『エミリー・ブロンテ――その魂は荒野に舞う』キャサリン＝フランク著　植松みどり訳 ―― 河出書房新社　一九九二

●その他の研究書

『小説の世紀――オースティンからハーディーまで』宮崎孝一・川本静子著　開拓社　一九六八
『英文学のヒロインたち』（世界の女性史7　イギリスII）青山吉信編　評論社　一九七六
『女性と文学』エレン＝モアズ著　青山誠子訳　研究社　一九七八
『自然と自我の原風景』野島秀勝著　南雲堂　一九八〇
『迷宮の女たち』野島秀勝著　TBSブリタニカ　一九八一
『イギリス小説鑑賞――ヴィクトリア朝初期の作家たち』デイヴィッド＝セシル著　鮎沢乗光・都留信夫・富士川和男訳　開文社　一九八三
『ジェイン・オースティンと娘たち』川本静子著　研究社　一九八四
『イギリス小説の読み方――オースティン、ブロンテ、エリオット、ハーディ、フォースター』鮎沢乗光著　南雲堂　一九八八
『ヴィクトリア朝小説のヒロインたち――愛と自我』松村昌家編　創元社　一九八八
『愛と結婚――イギリス小説の場合』神山妙子編　国研出版　一九八九
『小説と反復――七つのイギリス小説』J＝ヒリス＝ミラー著　玉井暲・上村盛人他訳　英宝社　一九九一
『女性自身の文学』E＝ショウォールター著　川本静子・岡村直美他訳　みすず書房　一九九三

さくいん

【人　名】

【事項・地名】

ブロンテ姉妹《しまい》■人と思想128　　定価はカバーに表示

1994年12月1日　第1刷発行©
2016年2月25日　新装版第1刷発行©

・著　者 …………………………… 青山《あおやま》　誠子《せいこ》
・発行者 …………………………… 渡部　哲治
・印刷所 …………………………… 広研印刷株式会社
・発行所 …………………………… 株式会社　清水書院

〒102-0072　東京都千代田区飯田橋3-11-6
Tel・03(5213)7151～7
振替口座・00130-3-5283
http://www.shimizushoin.co.jp

検印省略
落丁本・乱丁本は
おとりかえします。

CenturyBooks

Printed in Japan
ISBN978-4-389-42128-1

CenturyBooks

清水書院の〝センチュリーブックス〟発刊のことば

近年の科学技術の発達は、まことに目覚ましいものがあります。月世界への旅行も、近い将来のこととして、夢ではなくなりました。しかし、一方、人間性は疎外され、文化も、商品化されようとしていることも、否定できません。

いま、人間性の回復をはかり、先人の遺した偉大な文化を継承して、高貴な精神の城を守り、明日への創造に資することは、今世紀に生きる私たちの、重大な責務であると信じます。

私たちがここに、「センチュリーブックス」を刊行いたしますのは、人間形成期にある学生・生徒の諸君、職場にある若い世代に精神の糧を提供し、この責任の一端を果したいためであります。

ここに読者諸氏の豊かな人間性を讃えつつご愛読を願います。

一九六七年

SHIMIZU SHOIN